Soupçons
à Besançon

Soupçons à Besançon

Eveline Toillon

Remerciements

Monsieur André Ben Tolila, commissaire divisionnaire, nous a aidé par ses judicieux conseils. Nous le remercions bien vivement, ainsi que Daisy, artiste-peintre, qui nous a permis de reproduire une de ses œuvres en couverture.

Du même auteur

Aux Editions Alan Sutton :
Besançon, Mémoire en images.
Besançon ville horlogère.
Besançon insolite et secret.

Editions Alan Sutton
28 rue des Granges Galand
37550 Saint-Avertin

Première édition novembre 2005
Copyright © Editions Alan Sutton 2005
Tous droits réservés.
Crédit photographique, droits réservés pour les ayants droit non identifiés.

En vertu de la loi n° 92-597 du 1er juillet 1992 portant création du code de la propriété intellectuelle, l'auteur d'une œuvre de l'esprit jouit sur cette œuvre, du seul fait de sa création, d'un droit de propriété intellectuelle exclusif et opposable à tous (1re partie, art. L. 111-1). Par ailleurs, toute reproduction intégrale ou partielle faite sans le consentement de l'auteur ou de ses ayants droit ou ayants cause est illicite. Il en est de même pour la traduction, l'adaptation ou la transformation, l'arrangement ou la reproduction par un art ou un procédé quelconque (art. L. 122-4). Toute édition ou reproduction d'une œuvre de l'esprit faite en violation des droits de l'auteur, tels que définis par la loi, est un délit de contrefaçon puni d'un emprisonnement et d'une amende (art. L. 335-1 à 3). La copie strictement réservée à l'usage privé de la personne qui la réalise est autorisée, ainsi que les analyses et les courtes citations, sous réserve de la mention d'éléments suffisants d'identification de la source (art. L. 211-3).

ISBN 2-84910-359-4

Dépôt légal : novembre 2005
Imprimé en U.E.

Avertissement

Dans ce roman dont l'action se déroule dans un proche passé, c'est volontairement que nous avons décrit bâtiments, administrations, commerces ou œuvres d'art qui ont existé, bien sûr, mais jamais coexisté. Les lecteurs bisontins auront rectifié d'eux-mêmes.

1

C'était le deuxième mardi du mois d'avril, il était près de 20 heures... Marie-Hélène Saulnier se sentait d'excellente humeur : son mari devait se rendre à une réunion de son club et elle s'était promis de « se mijoter » une bonne petite soirée, pour elle toute seule... Elle se rappelait que, à un dîner de ce fameux club où ces messieurs avaient daigné inviter les femmes, le président d'alors, dans son allocution de bienvenue, avait remercié ces dames qui, le reste de l'année, club oblige, « *se privaient de la présence de leur mari deux fois par mois* » !

En riant, Marie-Hélène avait alors traité le président d'affreux macho, ajoutant que c'était faire preuve de suffisance que de se croire indispensable, les épouses pouvant être heureuses, de temps en temps, de se retrouver seules, sans bonhomme à la maison... D'ailleurs, elles étaient nombreuses à partager le point de vue de madame Saulnier, mais aucune d'entre elles n'avait encore osé afficher publiquement ses opinions. Du reste, tout le monde s'était étonné de voir que Marie-Hélène avait osé prendre la parole ; elle était en général plutôt timide. On la trouvait falote, sans grande personnalité. Dans les réunions, elle écoutait plus qu'elle ne parlait et on disait : « *Elle est gentille* » avec le ton un peu méprisant, quelque peu condescendant qui accompagne généralement le mot « gentil ». Cela sous-entendait : « *Elle ne ferait pas de mal à une mouche, mais elle ne présente pas beaucoup d'intérêt.* » Il est vrai que, née avec une cuillère d'argent dans la bouche, elle n'avait jamais eu qu'à se laisser vivre, en pauvre petite fille riche. Etudes médiocres, maigres résultats au piano et flou artistique pour le dessin, mais elle était gentille…

Alors, ce soir-là, comme chaque deuxième et quatrième mardi du mois, Marie-Hélène, sachant que son mari ne viendrait pas dîner, commença à se préparer un plateau-repas qu'elle dégusterait tranquillement en regardant la télévision. Elle se réjouissait d'avance à l'idée de voir un film de Rohmer enregistré depuis déjà un certain temps ; l'occasion de le visionner ne s'était pas encore présentée. Robert Saulnier, lui, préférait de beaucoup les westerns, les films d'aventure et les policiers.

Au premier abord, à voir Marie-Hélène, on n'aurait jamais cru qu'elle avait toujours vécu dans l'aisance. Cette grande femme de 43 ans, mince, brune et aux traits quelque peu anguleux ne se rendait chez le coiffeur que pour lui demander de couper ses cheveux au carré. Aucune permanente ne les soutenait, aucun brushing ne les gonflait, ils lui tombaient jusqu'aux épaules et comme souvent une longue mèche lui coulait sur le côté droit du visage, elle avait un joli mouvement de tout le buste pour la rejeter en arrière. Dans le domaine des vêtements, Marie-Hélène était attirée par tout ce qui était classique, par les matières nobles et les coloris naturels. Elle choisissait alors de sobres chemisiers de soie, de confortables tailleurs de tweed, des vestes de cachemire. Malheureusement, les plus jolis modèles, sur elle, perdaient tout leur charme… Les jupes godaillaient et semblaient avoir oublié leur arrondi ; un châle qui aurait enveloppé d'autres femmes avec chic devenait un bout de tissu informe et les corsages perdaient toute tenue.

Marie-Hélène ne s'était jamais occupée de son apparence, ni de l'impression qu'elle pouvait donner aux autres.

Pour son mari, c'était tout le contraire... Toujours tiré à quatre épingles, celui qui se faisait surnommer Bob - il détestait son prénom de Robert, hérité d'un grand-oncle paternel - était fort attentif à son image. Les plis du pantalon tombaient exactement et le pull-over négligemment jeté sur les épaules révélait à un œil averti une nonchalance étudiée. On citait souvent *« la classe de Bob »*, *« l'allure de Bob »* et son tailleur de la Grande-Rue se vantait de l'avoir pour client, c'était sa meilleure publicité.

Le couple habitait à Besançon, avenue Edouard Droz, dans un appartement situé au troisième étage d'un grand immeuble qui possédait deux expositions. Au levant, il donnait sur Bregille, une des sept collines qui entouraient la ville, fière alors de se comparer à Rome ! Il était intéressant de voir comment les constructions étaient étagées, de bas en haut, du plus ancien au plus récent. Au pied de la colline, des maisons 1900 dont l'une, particulièrement, avec sa belle grille de fer forgé, ses fenêtres toutes différentes aux courbes délicates et quelques vitraux que l'on devinait, était représentative de l'Ecole de Nancy.

Au début du XXe siècle, le plateau de Bregille, peu habité, avait été un lieu de promenade pour les Bisontins et les touristes. Son accès étant difficile, on construisit un funiculaire qui, la population augmentant, fut utilisé par des milliers et des milliers d'usagers. Les années passant, les Bregillois s'étaient équipés en voitures et les autobus de la CTB avaient desservi tout le quartier. Le funiculaire n'eut bientôt plus de raison d'être, d'autant plus que la mise aux nouvelles normes promettait d'être ruineuse.

L'appartement des Saulnier donnait, côté couchant, sur le parc Micaud, « *un des 300 plus beaux jardins de France* », bordé par le Doubs, planté d'essences rares et garni de massifs floraux en mosaïque, une vieille tradition bisontine.

Les Saulnier appréciaient leur logement, agréable et commode, tout proche du centre-ville, de ses activités et de ses commerces, il suffisait de passer le pont de la République…

Saulnier, un ancien représentant, servi par un grand sens des affaires, beaucoup de diplomatie, un tantinet d'opportunisme et un physique avantageux, avait tout d'abord été petit employé de l'entreprise Saint-Fargeaux : Peinture et Papiers Peints. Petit à petit, il avait réussi à s'imposer, à prendre de plus en plus de responsabilités, à devenir indispensable et, suprême consécration, à épouser Marie-Hélène, la fille unique du patron, de quelques années son aînée. Le mariage remontait à cinq ans et, après le décès de ses beaux-parents, disparus à la suite d'un accident de voiture, Bob se trouva à la tête d'une affaire qu'il se dépêcha de développer et de diversifier en créant un département décoration. Sa femme lui faisait entièrement confiance et lui laissait carte blanche dans tous les domaines.

A la réussite matérielle, déjà concrétisée par son union avec Marie-Hélène, s'ajoutait, pour Saulnier, pour cet autodidacte, la satisfaction de traiter d'égal à égal avec de gros brasseurs d'affaires, avec des hommes politiques importants et avec tous les membres d'un club qui réunissait quelques-uns des personnages les plus influents de la bonne bourgeoisie de Besançon.

Bob était vraiment le parvenu par définition, mais il avait bien digéré son ascension et donnait tout à fait le change. Ceux qui rencontraient pour la première fois le couple Saulnier se faisaient une idée fausse : ils pensaient que Bob avait toujours connu la fortune et que sa femme, au contraire, s'était par son mariage élevée dans l'échelle sociale.

Donc, ce mardi soir, son plateau préparé : poulet froid, salade composée et yaourt aux fruits, plus quelques barres de chocolat blanc à la nougatine, son petit faible. Marie-Hélène enfila une douillette robe de chambre vert pâle, ample, légère et chaude à la fois, et commença, comme elle le disait, à « *faire son nid* ». Elle déplaça son fauteuil préféré et l'installa dans l'axe de la télévision. Une petite table, à portée de main, accueillit le plateau.

Tout à coup, le téléphone sonna. L'appareil le plus proche se trouvait dans l'entrée de l'appartement. Il y en avait un autre dans le bureau de Robert. Quand Marie-Hélène décrocha, elle reconnut aussitôt la voix :
- Allô, c'est Josette. Allô, allô, Marie-Hélène. J'ai un conseil à te demander...
   Et cela dura un certain temps, jusqu'au moment où Josette demanda à son amie si elle avait déjà dîné.
- Alors, excuse-moi. On en reparlera une autre fois. Je te rappellerai. Bonsoir.

Et Marie-Hélène regagna le salon. C'était une pièce à son image, sans ostentation aucune, mais de qualité... On y retrouvait des meubles et des tableaux qu'elle avait hérités de ses parents et dont la vue, les premiers temps après leur accident, lui faisait mal. Maintenant, c'est avec un plaisir mêlé d'émotion qu'elle rangeait ses papiers et ses albums photos dans un secrétaire venant d'un aïeul qui avait vécu sous Louis XVI. Le grand-père Gatien, c'est ainsi qu'on l'appelait depuis plusieurs générations, devait bien aimer son image car Marie-Hélène, malgré la tourmente de 1789 et malgré de nombreux partages familiaux, ne possédait pas moins de cinq portraits de lui, à tous les âges de sa vie : miniatures et grandes peintures à l'huile qui faisaient l'admiration de tous les visiteurs, au même titre que le merveilleux pastel représentant la petite-fille de ce fameux Gatien, la trentaine épanouie, en robe de moire noire et montrant, à travers de précieuses dentelles de Chantilly, le modelé délicat d'un bras qui tenait un face-à-main d'un geste gracieux. Dans des papiers de famille, Marie-Hélène avait eu le plaisir de trouver une lettre écrite par l'auteur du tableau, sans doute en réponse à des remerciements de son modèle :

« Madame, croyez bien que c'est contre ma volonté si je n'ai tenu la promesse que je vous avais faite d'envoyer le portrait samedi : j'ai dû terminer celui du bel Espagnol qui n'attendait que cela, l'heureux mortel, pour courir après le soleil.

Vous m'avez, Madame, fait l'honneur de m'écrire une lettre très aimable, trop aimable, pour me remercier. Je n'accepte point vos expressions de gratitude ; c'est moi qui me tiens pour l'obligé, vous m'avez permis d'étudier, en soumettant votre patience à une très rude épreuve, une des rares physionomies qui me plaisent à peindre : la copie est loin, bien loin des grâces du modèle, mais à l'impossible nul n'est tenu, excusez les fautes de l'auteur et daignez agréer l'assurance de son respectueux et sincère dévouement. C.G. Mardi. »

Qui n'aurait aimé recevoir pareil message ? Marie-Hélène avait été tout émue de sa découverte. Ce tableau était l'un des deux auxquels elle tenait le plus, auxquels elle était le plus attachée. L'autre, une sanguine, montrait le futur mari de la jolie dame, un jeune homme des années 1830, romantique à souhait, Chopin et Liszt à la fois… Pour ses 15 ans,

Marie-Hélène avait même demandé à ses parents de lui laisser mettre ce portrait dans sa chambre. Elle était devenue à tel point amoureuse du modèle que seuls les garçons ressemblant au bel Alexandre allaient retenir son attention, mais il n'y avait jamais eu de réciproque… Les années ayant passé, elle épousa Robert Saulnier et eut pour lui toutes les faiblesses et toutes les indulgences.

Marie-Hélène avait choisi, pour tapisser les murs du salon, un shantung discret de couleur ivoire, sur lequel se détachaient les tableaux. Les fauteuils étaient recouverts d'un velours passé tirant sur le framboise, le canapé revêtu d'un satin vert amande. Tout cela donnait une impression de douceur feutrée, de chaude intimité. Il y avait quelques beaux vases anciens, des cendriers d'argent, sans oublier un coffre de cuir noir gravé et clouté, sur lequel on voyait encore des traces de peinture dorée, il devait dater de la Renaissance.

Pour Marie-Hélène, se trouver dans ce cadre qu'elle aimait, dont chaque objet avait une histoire, avec au programme de la soirée un film qu'elle savourait à l'avance, était jubilatoire. Son repas terminé, restait, selon le rituel établi, à préparer une infusion qu'elle siroterait devant le film enregistré, en dégustant le fameux chocolat blanc.
    Elle partit pour la cuisine et rinça rapidement assiette et couverts. Elle avait à peine mis sur le feu une grande casserole d'eau qu'elle entendit la sonnerie du téléphone.
- Zut et zut, on ne peut pas être tranquille un moment !

Parfois, lorsque Marie-Hélène voulait vraiment avoir la paix, elle débranchait le téléphone, mais cela ne se passait pas sans remords. Et s'il y avait un appel important ? Et si

Bob avait un problème ? ou un accident ? N'aimant pas faire attendre, elle alla rapidement dans le couloir et décrocha.
- Allô, c'est Josette !

Aïe, aïe, aïe, Josette, encore elle ! La soirée commençait mal... Mais Marie-Hélène n'osa pas rembarrer son interlocutrice qui, une fois de plus, devait avoir besoin de parler. Elles s'étaient connues au lycée Pasteur et, depuis, avaient toujours continué à se voir. Contrairement à son amie, Josette avait fait de brillantes études, qui s'étaient concrétisées par un diplôme d'expert-comptable, et elle travaillait dans un important cabinet où elle était surtout chargée d'aller étudier sur place les dossiers des entreprises clientes, ceux-ci étant souvent trop nombreux et volumineux pour être transportés. Elle-même se qualifiait de « *comptable volante* ».

C'était une grande femme très mince, osseuse même, au nez long dans un visage également long et aux longs cheveux roux presque crépus. Il y a des nuances dans le roux, qui peuvent aller de l'auburn au fauve, mais la chevelure de Josette était rouge carotte, et elle en avait toujours souffert, surtout à l'école primaire où, de plus, ses taches de rousseur n'arrangeant pas les choses, ses petits camarades lui demandaient avec un air intéressé si elle avait pris des bains de soleil avec une passoire ! Quant à ses yeux, ils étaient tout petits, d'un bleu délavé. Et avec cela une bouche chevaline. La pauvre fille n'avait vraiment pas été gâtée par la nature, et elle en souffrait terriblement. Les revues féminines ont toujours dit que le vert était la couleur qui seyait le plus aux rousses, la garde-robe de Josette se trouvait alors presque uniquement composée de vêtements de cette couleur. On passait du vert amande au vert mousse et du turquoise au vert wagon ou au vert épinard... Un détail orange ou rouge, d'un effet désastreux, relevait parfois le camaïeu. Josette, c'était le moins qu'on puisse dire, ne passait pas inaperçue.

Si sa vie professionnelle était réussie, on ne pouvait en dire autant de sa vie privée, Josette ne cessait de chercher l'élu de son cœur, et cela depuis des années. Elle avait vraiment une âme de midinette et, à 40 ans bien sonnés, côté sentiments, elle ne semblait pas avoir évolué depuis son adolescence. Elle en avait gardé ce que certains appellent une grande fraîcheur d'esprit mais ce que d'autres nomment naïveté, et d'autres encore bêtise crasse car, dès que quelqu'un discutait avec elle en dehors des questions de travail, dès même qu'un homme se montrait simplement poli, ça y était, elle le croyait amoureux d'elle, fantasmait à loisir, pensait qu'elle l'avait subjugué et se mettait à attendre, vainement, un signe de vie. C'était alors une tragique déception ! Et cela se reproduisait pratiquement chaque fois qu'elle allait dans une nouvelle entreprise… Comme il fallait la mettre au courant, lui confier les archives et les comptes, un responsable était automatiquement mis à sa disposition et passait de longs moments auprès d'elle. Josette avait alors tout le temps de l'observer et de le décrire ensuite à Marie-Hélène. Etant donné qu'elle était une cinéphile avertie, les comparaisons ne manquaient pas de piquant, d'autant plus que, pour elle, les traits d'acteurs de générations différentes se retrouvaient sur un même visage.

- Tu sais, il est grand comme Cary Grant, avec les yeux de Gabin, la fossette de Kirk Douglas, le sourire de Francis Huster et les cheveux de Gérard Depardieu… Si tu voyais comme il me regarde… Je suis sûre qu'il est amoureux de moi… Comme j'ai encore au moins une semaine à travailler dans ce bureau, d'ici à mon départ, il va sûrement m'inviter ou me faire des propositions !

Et comme rien ne se passait, Josette était chaque fois cruellement déçue. Alors elle se réfugiait dans le rêve, visionnait encore plus de films et s'identifiait à bien des personnages. Pour Marie-Hélène, Josette ressemblait à l'héroïne de Woody Allen, dans *La Rose pourpre du Caire*, mais les images ne risquaient malheureusement pas de devenir réalité…

Marie-Hélène, avec une patience infinie, lui prêtait une oreille attentive et subissait d'interminables appels téléphoniques, sachant que Josette n'avait personne d'autre à qui se confier et qu'elle avait un réel besoin de parler. Sa famille avait quitté la Franche-Comté pour Beg-Meil, en Bretagne, et Josette ne voyait pratiquement plus ses parents. De toute façon, dans ses propos, elle se sentait plus libre avec Marie-Hélène qu'avec les siens et n'aurait jamais confié à sa mère ce qu'elle disait à son amie.

Quelques années plus tôt, Josette avait eu, pour son travail, à rencontrer fréquemment Jean Sibert, le directeur d'un petit hôtel proche de Besançon, une espèce de *« don Juan à la manque »*, selon certains, qui se partageait, et c'était de notoriété publique, entre sa femme légitime, une maîtresse attitrée et des liaisons occasionnelles. Pour ses passades, tout lui était bon, il n'avait aucun critère de choix, ce qui lui importait, c'était d'ajouter une tête de plus à son tableau de chasse.

Voyant Josette libre et voulant tenter sa chance, Sibert lui avait fait un brin de cour tout en lui racontant que, malgré les apparences, il se sentait seul, bien seul. Il l'avait un jour invitée à prendre un café place Granvelle, puis une autre fois lui avait donné rendez-vous rue Mégevand, Au Pays, un petit restaurant sympathique, tout en longueur, situé dans un immeuble qui datait de la fin du XVIIe siècle. Le plafond de la salle avait conservé de belles poutres apparentes, les clients étaient pour la plupart des habitués travaillant dans le quartier et le patron, seul maître à bord, arrivait à préparer les tables, à cuisiner et à servir, le tout en un temps record, et toujours avec le sourire. Josette, trop émue, n'avait pas fait honneur au repas mais comme, au café, Sibert lui avait demandé de déjeuner à nouveau avec lui le lendemain, elle s'était persuadée qu'il ne pourrait plus se passer d'elle. Quelques jours plus tard, après d'autres rencontres, la malheureuse était prête à lui tomber dans les bras. Mais lui, toujours en chasse, avait vite regardé d'un autre côté tandis que Josette, toujours sous la première impression, croyait encore être l'objet d'une passion secrète, discrète, cachée et malheureuse. Alors elle multipliait les occasions de rencontrer Jean, dont elle prononçait le nom avec ferveur, passant le voir à son bureau sous les moindres prétextes, alors qu'un simple coup de fil aurait aussi bien fait l'affaire ; elle pouvait également venir lui demander une signature, ou encore une explication sur une grosse facture.

Le manège de Josette avait bien sûr été vite remarqué par l'entourage du joli cœur et, dans les bureaux de l'hôtel, une fois qu'elle était partie, on en faisait des gorges chaudes.
- Elle est encore venue !
- Tu en as de la chance !
- Et aujourd'hui, elle a mis son manteau caca d'oie ! Veinard !
- La prochaine fois, ce sera la veste vert fluo !

Jean Sibert commençait à la trouver mauvaise, Josette l'exaspérait avec ses mines énamourées et ses sourires complices et même, un comble, l'air admiratif et béat avec lequel elle le regardait. Il en était bien sûr secrètement flatté mais commençait à regarder la jeune femme comme quelqu'un de plus en plus envahissant. En général, avec lui, quelques rendez-vous et puis c'était fini, il passait vite à une autre…

Un jour que Josette demandait à le voir alors qu'elle le savait à son bureau, excédé, Sibert fit répondre qu'il était absent. Une autre fois ce furent, brutalement, des remarques peu flatteuses sur sa façon de s'habiller.
Presque chaque jour, Marie-Hélène avait été tenue au courant des derniers événements et déplorait de sentir son amie si malheureuse et angoissée. Josette ne comprenait toujours pas, croyait toujours à l'amour délicat et idéal d'un homme qui se sentait incompris et qui voulait sauver les apparences... Jusqu'au jour où l'on apprit qu'à la fois la femme et la maîtresse de Sibert étaient enceintes, chacune bien décidée à garder son enfant, l'une pour essayer de donner un nouveau départ à son mariage, l'autre pour tenter de se faire épouser !

Alors là, enfin, Josette comprit que Jean s'était moqué d'elle et que sa propre imagination lui avait fait croire ce qu'elle espérait de toutes ses forces ! C'est à ce moment-là qu'elle se mit à téléphoner de plus en plus souvent à Marie-Hélène. C'était toujours les mêmes litanies, la même histoire mille fois racontée, les *« si »* et les *« pourquoi »*. Marie-Hélène essayait d'ouvrir les yeux à son amie, et cela sans trop la froisser, car Josette conservait toujours, malgré les camouflets reçus, des sentiments très vifs à l'égard de Sibert : elle évoquait encore avec émotion ses cheveux bruns, *« tout à fait ceux d'Omar Sharif »*, son sourire désarmant et ses yeux, *« les yeux de Lino Ventura, qui peuvent se faire si doux..., des yeux de velours aux lourdes paupières... »*.

Malgré cela Josette continua à espérer... C'était immuable, chaque fois que Josette allait apporter ses lumières à une nouvelle entreprise, dans un nouveau bureau, elle faisait le soir même le récit de sa journée à Marie-Hélène. Le lendemain, le surlendemain, c'étaient des détails sur *« Richard*

Berry » ou sur « *Jacques Dutronc* ». Les jours suivants, l'espoir, ensuite la désillusion…

Et puis il y avait eu « *Alain Delon* », ou presque lui… Celui-ci était un avocat qui avait fait appel à Josette tant sa comptabilité était brouillonne et négligée. Il avait précédemment confié ses affaires à un cabinet spécialisé qui, par manque de sérieux, l'avait mis dans une situation délicate. Josette, en bonne professionnelle, put si bien redresser la situation qu'« *Alain Delon* », reconnaissant, lui avait fait livrer un énorme bouquet de roses à son bureau. De là, bien sûr, mille et mille commentaires des collègues de Josette, d'autant plus que, selon elles, d'après le langage des fleurs, des roses rouges signifiaient « amour ardent ». Et Josette de rêver, et Josette d'attendre en vain, et Josette de pleurer…

« *Eddy Mitchell* », lui, était un sportif, président d'un club de foot, submergé par les problèmes administratifs et par tout ce qui était trésorerie. Pour remercier Josette de l'avoir aidé efficacement, il n'avait rien trouvé de mieux que de l'inviter à un match, elle qui n'avait jamais mis les pieds dans un stade et ne s'intéressait pas le moins du monde au sport. Elle était tout de même venue, avait fait semblant de suivre la partie avec passion et y était sans doute bien parvenue car « *Eddy Mitchell* », séduit par cet enthousiasme, lui donna rendez-vous le lendemain, au Carnot, un restaurant de la rue du même nom. L'atmosphère y était familiale et chaleureuse, de nombreux fidèles venaient régulièrement faire honneur aux plats toujours bien présentés - on voyait que le chef aimait son métier - et servis avec le sourire par la patronne. Mais, après cette invitation, il n'y en eut plus d'autre… Marie-Hélène Saulnier avait bien sûr connu tous les détails de l'intrigue, jour après jour, jusqu'au dénouement.

- Mon Dieu, dire que je pensais qu'il tenait à moi. Il était si sympathique et puis, tout d'un coup, plus personne… Qu'est-ce que tu en penses, Marie-Hélène, tu crois qu'il va me rappeler ?

Et ce fut « *Clint Eastwood* », avec des airs nonchalants et une allure distinguée qui contrastaient avec des manières grossières et un vocabulaire à faire rougir un singe. Le beau *Clint* semblait obnubilé par la crinière flamboyante de Josette et, de plus, il avait la main baladeuse. Alors, pour une fois, ce fut elle qui coupa court.
- Marie-Hélène, si tu voyais ses yeux, ils te déshabillent, des yeux à ressorts, comme dans le dessin animé, je me sentais comme Betty Boop. Il est impossible ce type, et si tu l'entendais parler… S'il m'appelle, je lui dirai que ce n'est pas possible, que j'ai trop de travail.

2

Immanquablement, chaque soir, en rentrant de son entreprise, Saulnier trouvait sa femme en grande conversation téléphonique si l'on peut, du reste, appeler cela une conversation... Marie-Hélène avait l'impression d'être une grande oreille, la « SOS amitié » de service, et son rôle se bornait le plus souvent à écouter et à dire : « *Ah oui! Ah, en effet! Ah non? Tu crois?* »

Robert était exaspéré. Le temps pris à Marie-Hélène était du temps qu'on lui volait, puisque sa femme, à son retour le soir, aurait dû être à sa propre disposition. Il appuyait sur la touche haut-parleur de l'appareil et, ayant aussitôt identifié la voix, faisait des commentaires que Marie-Hélène essayait d'étouffer en masquant le combiné de sa main et, après quelques mots à son amie, elle se hâtait de raccrocher.

Il y avait eu une période de répit, quand Josette était partie passer deux semaines aux Canaries. Elle avait gagné ce séjour en faisant un concours et, si elle ne téléphona plus, alors, à Marie-Hélène - à la grande satisfaction de Robert - en revanche, elle lui écrivit des lettres quasi quotidiennes, souvent charmantes, pittoresques et montrant un esprit caustique :
« *Si tu me voyais arriver le matin à la piscine, on dirait un peu la vieille fille que jouait si bien Annie Girardot. Malheureusement, pas de Philippe Noiret à l'horizon!* »

Josette donnait tous les détails sur sa vie en hôtel de luxe à Ténériffe mais transparaissait toujours, malheureusement, la souffrance d'être seule, encore jeune, au milieu de couples. C'est ainsi qu'elle décrivait une soirée de jeux :
« *C'est un Anglais qui a remporté le Bingo. Il était merveilleux, plus anglais que lui, tu meurs ! Teint coloré, cheveux grisonnants légèrement ondulés, blazer avec écusson brodé sur la poche de poitrine, pli impeccable au pantalon, et chaussures bicolores, le prototype ! Sa femme ? Moins anglaise, fraîche, ronde, souriante, ses 50 ans avoués et bien assurés. Ils sont repartis en remportant fièrement la bouteille de champagne, canarien s'il vous plaît, qu'ils avaient gagnée.*

Or, à propos de couple, figure-toi que l'on m'a raconté au bureau, avant mon départ, une histoire sur un de nos hommes politiques, vraiment pas beau, vraiment pas jeune, mais d'une intelligence et d'un humour qui font tout oublier, toutes les femmes lui tombent dans les bras… Le voilà qui perd sa femme. Il est envoyé à l'étranger en mission et, comme il ne peut supporter de voyager seul, il demande à une de ses nombreuses conquêtes de l'accompagner. Mais il a précisé à ses amis : "Je ne l'ai pas choisie trop belle, parce que j'étais en deuil !"

Les clients de l'hôtel sont en général des personnes plus toutes jeunes, à la retraite aisée. Il y a cependant quelques familles dont les enfants sont des bébés ou des tout-petits, sans doute pour des raisons scolaires. Ajoute à cela cinq ou six jeunes couples, trois vieilles Anglaises habillées couleur sorbet et une Française-seule-mais-qui-ne-veut-pas-montrer-qu'elle-souffre-de-l'être, et tu as le panorama des hôtes de ce bois… Hélas, pas un seul homme seul ! »

Josette avait toujours souffert de son physique ingrat, elle ne s'était jamais fait d'illusions :
« *Je suis sur le bord de la piscine, copieusement tartinée de crème solaire, avec mon maillot noir bien classique. Les complexes que*

je continue à avoir sont renforcés par la vue de mignonnes petites, bien faites, bien bronzées et, aussi, bien dans leur peau et évoluant partout avec aisance, ce qui n'était pas le cas de notre génération. »

Après celle du Bingo, une autre soirée de jeux ! Et grâce à tous les détails donnés par Josette, Marie-Hélène avait pu imaginer la scène :
« Si tu avais vu ! Il y a eu hier soir un nouveau "divertissement". Bien sûr, comme la clientèle est de tous âges et de toutes nationalités, il ne peut être question de jeux intellectuels ni de jeux culturels. On nous avait annoncé l'élection de "Miss Palace", et le couple anglais dont je t'ai déjà parlé m'a raconté avoir été sollicité pour faire partie du jury. Du coup, ils se sont faits tout beaux, alors qu'en général, même le soir, la tenue est plutôt décontractée, mais c'est du reste du décontracté ultrachic. Madame Jackson portait une longue jupe noire, avec un corsage noir et or, et puis des chaussures dorées. Pour son mari, costume de lin blanc, chemise à col bien raide, et cravate club.

Et voilà la séance qui commence, toujours un peu tard, car il faut nous inciter à prendre, en attendant, consommation sur consommation. Les Jackson m'avaient demandé de venir à leur table, et on s'est rendu compte qu'il y avait quiproquo. Je crois du reste que c'était volontaire de la part de l'animateur, toujours en face du problème de "recrutement" : on veut bien voir les autres tournés en ridicule, mais on ne tient pas du tout, de son côté, à prêter à rire, et moi la première, je l'avoue…

Pour en revenir aux Jackson, si lui faisait bien partie du jury, elle, elle avait été inscrite comme postulante au titre de "Miss Palace" !

Première épreuve, avec un hula-hoop :
- Le faire tourner autour de soi le plus longtemps possible, et de la façon la plus "sexy" qui soit !

Les quatre "miss" en puissance représentaient l'Angleterre, l'Espagne, l'Allemagne et la Hollande. Seule la Hollande s'est bien tirée de la situation : c'est une petite jeunette faite au moule, toujours en minijupe et en brassière, et avec un bronzage tellement parfait qu'il ne doit sans doute pas grand-chose à notre bon vieux soleil.

Deuxième épreuve :
- Gonfler un ballon de baudruche avec un soufflet pour matelas pneumatique, mais en actionnant ce soufflet non pas avec le pied, mais avec le postérieur !
La pauvre Anglaise, malgré son poids qui, dans ce cas, la favorisait, n'a obtenu aucun résultat, tandis que la jolie Allemande a tellement fait sauter son popotin que son ballon en a crevé !

Ensuite, et cela commençait à devenir scabreux, il a fallu que chacune de ces dames recueille le plus grand nombre de pantalons. On a alors vu tous les messieurs de l'assistance se déculotter en faveur de la candidate qui leur plaisait le plus. La Hollandaise, toujours elle, a fait recette. Il est vrai que, quand elle passe, elle attire tous les regards. Quant à madame Jackson, elle n'a eu que la dépouille de son mari ! Mais voir un pur produit de l'Empire britannique se déculotter, cela en vaut la peine. C'est la première fois que cela m'arrivait, et ce sera sans doute la dernière ! Il a commencé par délacer, puis ôter ses chaussures, et les a rangées très soigneusement. Il a défait la boucle de sa ceinture, la fermeture Eclair de sa braguette, a fait glisser son pantalon et l'a donné à sa femme. Enfin, il a remis ses Derby et, en attendant la suite des événements, il s'est assis dans un profond fauteuil de cuir, croisant les jambes et aussi sérieux que s'il avait été à son club en train de lire le Times *! »*

Marie-Hélène prenait plaisir à lire les lettres de son amie que ce séjour lointain éloignait de ses préoccupations et à qui il apportait une diversion. En commençant la lecture de la dernière lettre de Josette, en apprenant que celle-ci avait un « amoureux », Marie-Hélène s'était vraiment réjouie, mais c'était une fausse joie et, à son retour en France, les incertitudes, les regrets, les rancœurs allaient hélas continuer à miner la pauvre fille...

« Figure-toi que j'ai un amoureux ! Nous nous sommes rencontrés sur le bord de la piscine et, comme on dit dans les romans à l'eau de rose, au fil des jours, nous avons échangé de longs regards, puis des sourires... Nous avons des chaises longues voisines, chacun ici s'installant à peu près au même endroit chaque matin, et pour la journée. C'est un Espagnol : teint mat, cheveux bouclés très épais et, avec ça, d'extraordinaires yeux verts, couleur d'aigue-marine. Et puis un sourire à vous faire fondre...

Hier, dès que je suis arrivée, il m'a offert quelques fleurs et, tout à l'heure, un cadeau bien plus précieux encore, trois capsules de Coca-Cola ! Car j'oubliais de te dire que mon amoureux doit avoir dans les 2 ans et que nous possédons en espagnol à peu près autant de vocabulaire l'un que l'autre... »

Et un autre jour, à la suite de douloureuses réminiscences :

« Après la pluie, le beau temps... Ces souvenirs remâchés, rabâchés, pénibles, et puis le sourire de mon amoureux avec encore un cadeau : deux petits cailloux brillants comme des larmes... »

Comme l'avait pensé Marie-Hélène, au retour de Josette, tout allait recommencer. Or ce mardi, deuxième mardi du mois, jour de réunion de ces messieurs du club, tandis que

Marie-Hélène se faisait une fête de passer une soirée paisible devant un film choisi, voici de nouveau la sonnerie du téléphone :
- Allô, c'est Josette…

Et, pendant ce temps-là, Bob dégustait un repas fin tout en attendant la suite de la réunion. Le restaurant où se réunissait le club était situé dans les jardins du casino, dans un ensemble construit à la fin du XIXe siècle, au moment où la ville devenait station thermale et où elle avait failli s'appeler Besançon-les-Bains. On y avait soigné les anémies, les maladies nerveuses et des séquelles d'opérations chirurgicales. Mais les eaux salines curatives venaient de loin, les canalisations posèrent des problèmes d'étanchéité et le centre thermal, malgré de nombreuses tentatives pour le sauver, périclita… Un établissement de soins subsistait encore, il permettait à la ville de conserver son casino, où une salle aux murs décorés « de montres molles » à la Dali évoquait la tradition horlogère de la ville de Besançon. On pouvait également admirer de superbes vitraux aux teintes délicates, représentant des feuillages tourmentés et des fleurs ondulantes, dans la pure tradition de cet Art nouveau qui fit alors la réputation de la ville de Nancy.

Si certains bâtiments avaient été détruits, l'ancien hôtel des Bains et une salle des fêtes étaient toujours là. Quant au restaurant, modernisé, il avait perdu sa décoration fouillée, ses lustres suspendus à des gueules de chimères et les grands panneaux peints par quelques-uns des plus talentueux artistes locaux de l'époque. Maintenant rénové, il accueillait des couples, des familles, des groupes de gourmets, et s'était ouvert à des réunions statutaires de clubs semblables à celui de Robert Saulnier. Ce dernier appréciait d'habiter non loin de là, à quelques minutes à peine, pas de voiture à prendre et un agréable trajet.

Les repas du club étaient le plus souvent suivis d'une causerie et, cette fois-ci, ces messieurs se montraient tout émoustillés. Pierre Briard, un gros industriel, avait invité son chef du personnel à parler de son métier et de son expérience, et ce chef du personnel était une femme… Pour Briard, la démarche n'avait rien d'innocent ni de généreux car, en faisant faire à Irène Cabourg son numéro devant une tablée de gros bonnets, et en la flattant ainsi, il espérait bien l'attirer dans son lit…

Une fois le café servi, il présenta sa collaboratrice avec moult compliments. Celle-ci, 35 ans environ, brune, plutôt jolie, moulée dans un tailleur noir, voulut tout de suite en imposer et saisir son auditoire. Elle se gargarisait de longues périodes et de termes savants. Alors que quelques mots auraient suffi, elle s'exprimait en « hexagonal » avec délectation, n'oubliait surtout pas de parler du vécu de chacun de ceux dont elle avait étudié les cas et, dans son propos, la phrase la plus simple et la plus anodine pouvait être : « *Au moment d'un bilan, nous insistons sur les caractéristiques les plus générales des structurations élémentaires mises en œuvre.* » Il y eut en effet bien mieux : « *L'excellence des produits performants dépend des indicateurs de banalité qui modifient la stratégie des pratiques.* » Egalement : « *Le recadrage nécessaire des paramètres les plus caractéristiques dynamise les facteurs organisationnels.* »

Très rapidement, l'attention s'était relâchée. Les commentaires fusèrent, d'abord discrets, puis presque à voix haute, alors que la malheureuse poursuivait courageusement son intervention. Pierre Briard se sentait de plus en plus gêné, et pour elle, et pour lui. Non seulement, il pouvait faire son deuil d'une idylle avec la belle Irène, mais celle-ci lui garderait certainement une rancune tenace après une telle expérience. Malgré les remarques, malgré les sarcasmes, madame Cabourg poursuivait, mais sa voix n'était plus si péremptoire, elle se voilait et tremblait même parfois. La pauvre Irène se sentait semblable à la chèvre de monsieur Seguin mais s'entêtait à continuer, ne voulant pas faire le jeu de ces affreux bonshommes dont Saulnier n'était du reste pas le moins dissipé.

Enfin, voulant réduire les frais, à un moment où madame Cabourg recherchait son souffle, Briard la remercia, demanda pour elle un ban d'honneur et offrit le champagne à toute la tablée, tout en pensant que ses amis du club étaient des mufles et des ploucs et se jurant, mais un peu tard, qu'on ne l'y prendrait plus…

Lorsque la réunion se termina, un peu avant minuit, Saulnier se rendit chez lui, accompagné d'un ami à qui il avait promis de prêter un livre. Un code défendait l'entrée aux intrus. Robert précéda son ami dans le hall de l'immeuble et ils prirent l'ascenseur qui les déposa au troisième étage. Saulnier mit la clef dans la serrure et, dès que la porte commença à s'ouvrir, alors que l'entrée, le salon et la cuisine étaient encore éclairés, tous deux furent assaillis par une forte odeur de gaz de ville. Craignant le pire, Robert appela sa femme, cria de toutes ses forces. Rien… Il courut à la cuisine, ferma le robinet d'arrivée du gaz et ouvrit tout grand la fenêtre. Blême, il appela à nouveau Marie-Hélène et, affolé, la trouva inanimée à l'extrémité du couloir. Près d'une petite table renversée, la malheureuse était allongée sur le sol avec, autour d'elle, des objets qu'elle avait entraînés dans sa chute, téléphone, annuaires et revues.

Tandis que Saulnier essayait en vain de ranimer sa femme, son ami tentait d'aérer l'appartement et, dès que l'air fut respirable, il appela les pompiers, qui arrivèrent rapidement et emmenèrent Marie-Hélène toujours inconsciente.

Malgré l'intervention rapide et tous les soins, Marie-Hélène ne se réveilla pas…

La cause de la mort étant indéfinie, le médecin de l'hôpital délivra un certificat de décès avec « *obstacle médico-légal* », si bien que la police et le parquet furent informés du décès de madame Saulnier.

Une enquête fut alors ouverte et l'on en chargea le jeune officier de police judiciaire Michel Dubourg, nommé depuis quelques mois à Besançon, sa ville natale. Les conclusions s'imposèrent rapidement, il s'agissait d'un regrettable accident : madame Saulnier avait voulu, selon son habitude, se préparer une infusion, l'eau en bouillant avait débordé et éteint les flammes, le gaz s'était répandu dans tout l'appartement et avait fait son œuvre de mort avant que la pauvre femme n'ait pu tenter quoi que ce soit.

Pour ses débuts dans la carrière, Michel aurait préféré un beau crime, ou encore un hold-up fracassant, à la rigueur une prise d'otages… Ici, tout semblait trop simple, trop tristement banal. Alors, pas l'occasion de faire parler de soi, d'être projeté dans l'actualité.

Dubourg paraissait avoir à peine 20 ans, tant il était menu et de taille moyenne. Ses cheveux blonds, ses yeux clairs et ses joues rondes accentuaient le côté juvénile, même poupin, du personnage qui venait de se mettre à fumer la pipe, peut-être pour avoir l'air plus mûr, ou encore s'identifier au fameux Maigret.

3

A 12 ans, Michel Dubourg avait perdu son père, inspecteur de police, tué lors d'un affrontement avec des manifestants. Décoré de la Légion d'honneur à titre posthume, celui-ci était devenu pour sa veuve qui, jamais, au grand jamais, ne se serait remariée, l'objet d'une vénération intense.

Elevé dans le culte du disparu, le petit Michel aurait violemment pu rejeter l'image paternelle et se révolter devant certaines réflexions dont il percevait le ridicule :
- Ah ! Ce n'est pas ton pauvre père qui aurait oublié d'acheter le pain !
- A ton âge, ton père...

Quel que soit le sujet, madame Dubourg n'évoquait jamais que des faits positifs.
- Ah, si ton père avait vécu, aujourd'hui il serait sûrement commissaire. Et puis, au lieu d'être dans cette HLM de Palente, on serait dans une belle villa, avec un jardin, et des fleurs partout, à Bregille, comme tata Lucienne, ou à Montfaucon, comme le cousin Alain.

La pauvre femme n'avait jamais envisagé l'idée que son regretté mari aurait pu la quitter, ou même devenir « ripou ». Conditionné, l'adolescent grandit avec un seul but dans la vie, devenir policier comme son père et, surtout, être digne de lui. C'est avec émotion et fierté que madame Dubourg, Mireille de son prénom, avait vu Michel bien décidé à suivre les traces paternelles. Elle songeait parfois que le fils pourrait avoir le triste destin du père mais se consolait en disant que, deux dans une même famille, cela ferait tout de même un peu beaucoup. Tout irait bien, sûrement.

Les années passèrent, le cher petit - pour sa mère il était toujours le petit - le cher petit, donc, suivit les cours de l'Ecole de police et devint un peu plus indépendant, guère plus. Les « fiancées » successives qu'il avait présentées à Mireille avaient suscité toutes les critiques : « *Trop coquette* », « *Pas assez souriante* », « *Elle sait rien faire de ses dix doigts* », « *Une mijaurée* », « *Quelle rabat-joie !* », « *Tu as vu sa mère !* ». Aucune ne semblait à la hauteur de ce précieux fils. Enfin, il y eut une certaine Maryse qui eut l'honneur de plaire à madame Dubourg...

Mariage, installation place des Tilleuls, non loin de chez maman. Depuis que Michel avait pris son service, Maryse, secrétaire à la télévision régionale, avenue de la Gare d'Eau, attendait chaque jour son mari avec impatience. Du reste, elle n'était pas seule à vouloir savoir comment s'était passée la journée, Mireille s'invitait parfois à dîner et toutes deux guettaient alors, du balcon, « le retour du guerrier ».
- Alors, raconte !
- S'il vous plaît, vous êtes bien mignonnes, toutes les deux, mais laissez-moi d'abord prendre une douche, me changer, et après, je vous raconterai tout ce que vous voudrez.

Or, ce jour-là, comme tous les mercredis, Mireille déjeunait chez son fils, c'était son jour de congé car elle était institutrice.
- Alors, raconte !

Là, il ne put résister à l'assaut et, tout en faisant honneur à la salade de poivrons rouges grillés à point - une recette de maman - au gratin de pommes de terre, au jambon de pays et aux œufs à la neige agrémentés de congolais - Maryse avait mis les petits plats dans les grands pour faire plaisir à sa belle-mère - il fit le récit de la matinée.

- On a dû aller avenue Droz, il y avait eu une asphyxie par le gaz. Quelle est bonne cette salade de poivrons ! Maryse, tu la fais aussi bien que maman, il est vrai qu'elle t'a donné ses secrets ! Oui, une asphyxie, une malheureuse qui a oublié sa casserole sur le feu, et l'eau qui a débordé, qui a éteint les flammes... et le gaz qui a continué à s'échapper... La pauvre femme, on l'a trouvée par terre, dans le couloir. Et son mari est arrivé trop tard. Lui, je l'ai vu ce matin, il était complètement sonné, sans réaction... Encore un peu de gratin, s'il te plaît... Le mari, c'est le propriétaire du magasin où on a acheté les rouleaux de tapisserie pour la chambre à coucher. Une très grosse boîte. Il a des magasins un peu partout autour de la ville, dans la zone industrielle de Valentin, à Thise et aussi dans les hypermarchés et puis aussi il s'est lancé dans la décoration...

Je me ressers de cette bonne île flottante... Et puis tu as mis du caramel, c'est chouette ! C'était moche cette histoire, pauvre femme... Maman, Maryse, faites attention, soyez prudentes, surtout n'en faites pas autant...

- De toute façon, répliqua Maryse, nous, on a bien une cuisinière mixte, mais le gaz n'est pas branché, je ne me sers que des plaques électriques et du four à micro-ondes, tu n'as pas à t'en faire.

Affaire Saulnier, affaire banale, affaire classée semblait-il... Le repas terminé, la table débarrassée, Michel se chargea de préparer le café et, en mettant de l'eau dans le percolateur, ne put s'empêcher de penser à la malheureuse Marie-Hélène. C'est alors que l'image de la casserole, dans la cuisine des Saulnier, s'imposa à lui : si l'eau avait bouilli, à gros bouillons, si elle avait débordé au point d'éteindre les flammes de la gazinière, il n'aurait pas dû en rester dans la casserole, ou du moins pas beaucoup, et il aurait dû s'en trouver une certaine quantité autour des brûleurs. Or, il se le rappelait très nettement, le récipient était pratiquement plein et il ne lui semblait pas avoir vu d'eau répandue à côté du récipient ! Que s'était-il passé ? Madame Saulnier avait-elle fait une fausse manœuvre ? Ou encore quelqu'un de malveillant ? Impossible, puisque Marie-Hélène se trouvait seule, fenêtres fermées et porte verrouillée.

Michel Dubourg ne cessa de penser à cette histoire d'infusion en sirotant son café. Il y réfléchissait encore lorsque Maryse les quitta pour la gare d'Eau.

Petit nouveau dans la profession, avant de parler de ses interrogations à ses supérieurs, le jeune lieutenant décida de tenter une expérience, si bien qu'il demanda à maman…
- Est-ce que je peux venir chez toi ? Et tout de suite, s'il te plaît, avant que je retourne au commissariat ! Je voudrais faire une expérience avec ta cuisinière à gaz. Je t'expliquerai !
- Mon fils, bien sûr, allons-y en vitesse. Mais dis-moi tout ! Qu'est-ce que tu veux essayer avec mon gaz ? C'est une nouvelle affaire Landru ? Oh, là, là ! Ah, si ton père pouvait être avec nous, il serait bien content de voir que tu as repris le flambeau.

Michel alluma le gaz sous une casserole remplie d'eau plus qu'aux trois quarts, et de la taille de celle que l'on avait trouvée chez les Saulnier. Lui et sa mère attendirent, très attentifs. Le liquide commença à frémir, il y eut ensuite des bulles, puis de gros bouillons. Enfin l'eau déborda et en arriva à éteindre les flammes. Alors, bien sûr, il en resta beaucoup moins dans le récipient et il s'en trouva une flaque autour du brûleur.

L'expérience fut recommencée à plusieurs reprises, ponctuée par les oh! et les ah! de madame Dubourg, ravie d'être aux premières loges et au cœur d'une affaire que seul son fils chéri avait trouvée troublante.

Pourquoi la casserole, chez les Saulnier, était-elle restée pratiquement pleine ? Accident ? ou crime ? Mais si c'est un crime, qui ? Pourquoi ? Et comment ? La réponse à la dernière question vint tout naturellement quand une voisine sonna, apportant un trousseau de clefs à madame Dubourg. Elle lui demanda de bien vouloir ouvrir la porte de son appartement à l'employé du gaz qui devait faire le relevé le lendemain matin à 8 heures.

- Je pourrai pas être là, je suis de service de nuit, je serai pas rentrée, et comme vous partez plus tard... Dans d'autres maisons, au moins, on n'embête personne, c'est plus simple, les compteurs sont sur le palier.

Ce fut alors le déclic pour Michel : quelqu'un dans un appartement allume le gaz sous une casserole d'eau. Cachée dans le local des compteurs du palier, une personne voit les chiffres défiler sur le cadran correspondant. Cette personne tourne la manette d'arrivée du gaz. Dans la cuisine, la flamme s'éteint. Au bout d'un moment, la personne tourne à nouveau la manette. Sous la casserole, le gaz se remet à fuser et il n'y a bien sûr plus de flamme. Le gaz se répand, l'appartement est envahi. C'est l'asphyxie pour tous ceux qui s'y trouvent.

Le lieutenant Michel Dubourg était tellement impatient de parler au commissaire de ses déductions qu'il arriva à Goudimel bien en avance. L'hôtel de police était ainsi appelé Goudimel la plupart du temps car il se trouvait dans la rue portant ce nom, en l'honneur d'un musicien de la Renaissance, probablement né à Besançon. Les bureaux occupaient un beau bâtiment du XVIII⁰ siècle destiné, à l'origine, à accueillir orphelins et enfants trouvés. C'était jadis l'hôpital du Saint-Esprit, dont le porche s'ornait encore d'un groupe sculpté représentant la Charité entourée de bambins dodus, mignons à souhait et n'inspirant pas la pitié. Là, une inscription latine, alors de circonstance, pouvait depuis passer pour de l'humour noir aux yeux de ceux qui, menottes aux poignets, franchissaient le seuil de Goudimel : « *Si mon père et ma mère m'abandonnent, Yahvé me recueillera.* »

Michel était donc arrivé avant l'heure à l'hôtel de police, mais cela ne changea rien car, bien sûr, le commissaire Legros n'était pas encore là. Dubourg en profita pour mettre sur le papier toutes ses réflexions, ses présomptions et ses déductions. Michel aimait pouvoir s'appuyer sur des notes. Il lui arrivait de ne pas les consulter, mais les avoir à portée de main le sécurisait et lui donnait plus d'assurance, plus de confiance en soi. C'est un peu la même chose pour le pianiste, il jouera de mémoire sans regarder sa partition mais, si elle n'est plus là, il se sentira moins sûr de lui.

Lorsque le commissaire Legros arriva, Michel, très ému, presque tremblant, lui demanda un entretien.

Legros, contrairement à ce que son nom pouvait évoquer, était grand et maigre. Brun, avec des cheveux ternes, il avait toujours un air lugubre. A 50 ans, pessimiste il était, pessimiste il resterait et ce caractère était accentué sur son visage par deux profondes rides, de vrais sillons qui partaient de ses narines et rejoignaient les commissures des lèvres. D'autres rides ravinaient le front. D'épais sourcils formaient une véritable barre au-dessus d'yeux si noirs que l'iris se confondait avec la pupille. Une maladie de foie et des problèmes digestifs lui donnaient un teint jaunâtre. Il était obligé de se nourrir de grillades et de légumes bouillis

et ne devait boire que de l'eau. Il trouvait à toute circonstance un sujet de mécontentement. Legros avait été marié mais sa femme, au bout de vingt-cinq ans, leurs trois enfants ne vivant plus avec eux, avait décidé de ne pas finir son existence avec un tel rabat-joie. Elle avait repris son métier d'infirmière et vivait selon ses goûts, dans une solitude appréciée, ponctuée de quelques liaisons éphémères mais exaltantes.
- Qu'est-ce qui vous amène ? grommela le commissaire. C'est important, j'espère, pour que vous me dérangiez, alors que j'arrive à peine !

Dubourg, après un tel accueil, commença à bafouiller, puis reprit petit à petit de l'assurance, jusqu'à se sentir, à la fin, plein de confiance. Legros l'avait tout d'abord écouté d'une manière distraite, avec sur le visage une expression de lassitude, presque de mépris. Bien calé au fond de son fauteuil, il ne cessait de jouer avec un coupe-papier. Au fur et à mesure que Michel parlait et avançait des arguments, l'intérêt du commissaire s'éveillait. Petit à petit, son attitude changea du tout au tout, il abandonna son coupe-papier, se redressa et, les coudes sur le bureau, penché en avant, se montra de plus en plus attentif, posa des questions et décida, pour en avoir le cœur net, de poursuivre une enquête, des plus discrètes bien sûr, dans le cadre du flagrant délit. Naturellement, c'est au jeune lieutenant qu'il confia l'affaire, et celui-ci en fut doublement ravi : son raisonnement tenait bon et il allait vraiment pouvoir se lancer…

4

Après une autopsie dont les résultats avaient été communiqués au juge d'instruction, une autorisation fut délivrée et les obsèques de Marie-Hélène Saulnier purent se dérouler le lundi suivant, à 14 heures. Le commissaire demanda à Dubourg de s'y rendre, accompagné du photographe Helmut Schnell :
- Mais surtout, que l'on ne vous remarque pas !

Le service religieux devait avoir lieu dans l'église Saint-Pierre, place du 8 Septembre (1944), cette place que l'on continue à appeler place Saint-Pierre... En face de l'église se dresse l'hôtel de ville, un bâtiment de la Renaissance. Sa sévère façade est adoucie par des bossages de pierre de Chailluz, une pierre de la région dont on avait isolé, pour les utiliser en bandes horizontales alternées, des parties bleues et des parties ocre. Cette place est véritablement le cœur de la cité. Aujourd'hui, de nombreux autobus y déposent et y prennent des passagers. Jadis, c'étaient les chaises à porteurs, puis les carrosses et enfin les fiacres qui y attendaient leurs clients.

Lorsque Michel arriva, il y avait déjà beaucoup de monde qui se pressait et discutait en attendant l'arrivée du corbillard. Le lieutenant entra dans l'église et s'assit, songeur et mélancolique... Helmut Schnell, le plus discrètement possible, prenait des photos à gauche et à droite. C'était un professionnel des plus perfectionnistes et il regrettait d'être obligé de travailler pratiquement à la sauvette, sans savants cadrages, pour ne pas perturber la cérémonie.

Pendant la messe, Michel Dubourg ne nota rien de bien particulier, tout était tristement banal. Le veuf, effondré, était soutenu par ses propres parents, des gens tout simples qui semblaient très affectés. Les proches, les amis, les représentants d'associations et les membres du club de Saulnier montraient tous une certaine émotion et la cérémonie fut très longue car, après les paroles du prêtre, il y eut au micro de nombreux témoignages, ponctués chaque fois par des chants ou de l'orgue. Et puis, à la fin, un long défilé devant Robert Saulnier et ses parents, des condoléances, des mots sur le registre.

Michel, tendu, essayait de remarquer quelque chose d'insolite, de trouver le détail qui…, que…, mais rien ne venait. Horrifié, il se sentit gagné par le fou rire car il ne pouvait s'empêcher de penser à un épisode du fameux film de Jacques Tati *Les Vacances de monsieur Hulot*, quand la roue de secours du malheureux héros de l'histoire roule dans un cimetière, se charge si bien de feuilles humides qu'on la confond avec une couronne mortuaire, est prise par les employés des pompes funèbres et, accrochée sur une tombe, se dégonfle lamentablement en émettant un sifflement. Ce n'était pas tout, monsieur Hulot, qui cherche sa roue de secours, se trouve au milieu de la famille en deuil, on le prend pour un parent, il doit répondre aux messages de sympathie en gardant son sérieux, et c'est bien difficile car la plume du chapeau d'une dame volubile ne cesse de lui chatouiller le visage. Michel revoyait la scène, combien de fois passée sur son magnétoscope…

Et puis ce fut le cimetière. Les voitures se garèrent dans la rue de l'Eglise, car l'inhumation devait se faire dans la partie haute du cimetière des Chaprais.

Au moment où les lieux d'inhumation durent obligatoirement se trouver à l'extérieur des villes, la municipalité de Besançon commença à aménager le lieu-dit les Champs Brulley à cet effet, mais on se rendit rapidement compte que cet endroit présentait de nombreux inconvénients, il était inondable et si isolé que l'on n'y comptait plus les vols. De plus, il s'avéra rapidement trop petit.

L'église Saint-Martin-de-Bregille, au pied de la colline de ce nom, avait été détruite en 1814 lors du siège de Besançon par les Autrichiens. On décida de la remplacer mais, cette fois, dans un autre quartier, par Saint-Martin-des-Chaprais, qui commença à s'élever en 1821. Un grand terrain mitoyen fut alors choisi pour y créer un nouveau cimetière, avec son entrée rue de l'Eglise. C'est donc de ce côté-là que se trouve la partie la plus ancienne et la plus intéressante : elle offre les exemples les plus variés de l'art funéraire du XIXe siècle. Avec ses monuments orientés dans tous les sens et ombragés par des arbres centenaires, le lieu est très romantique. Certains de ces monuments sont d'inspiration antique comme les sarcophages et les obélisques. Ailleurs, des statues veillent sur les tombes, ce sont des anges ou des Vierges. Délicatement sculptées dans la pierre, des couronnes de fleurs, toutes différentes, sont posées sur les dalles ou décorent des croix. Il y a également de nombreux monuments de fonte, ou à entourage de métal, œuvres des importantes fonderies Saint-Eve qui se trouvaient à Battant, dans la rue qui porte aujourd'hui le nom des frères Mercier.

En attendant l'arrivée du fourgon mortuaire, Michel regardait les tombes qui l'entouraient avec intérêt, presque en touriste. Il était déjà venu dans cette partie du cimetière des Chaprais, mais pour des enterrements de parents ou d'amis, l'émotion l'avait alors emporté sur la curiosité… Quelques chats passaient tranquillement, que la foule n'impressionnait pas…

Michel attendait plus du cimetière que de l'église : les derniers adieux devant la fosse béante sont souvent révélateurs, c'est à ce moment-là que certains peuvent craquer, dévoilant des sentiments que nul n'aurait pu soupçonner jusqu'alors. Le caveau de la famille Saint-Fargeaux, celui où se trouvaient déjà les parents de Marie-Hélène, était situé près du fier obélisque élevé en l'honneur du colonel Augustin Maire, un officier de l'Empire. Ce monument pyramidal était orné d'attributs militaires, sabre et coiffure sculptés dans le marbre. Il y avait également une croix de la Légion d'honneur. Cela montrait combien une telle distinction était estimée, à une époque où cette décoration était de création récente et jamais galvaudée. A gauche du monument, envahie par la mousse qui en rendait les inscriptions gravées illisibles, une simple dalle à fleur de sol, modeste et effacée, celle de la veuve du colonel !

La chapelle Saint-Fargeaux, qui comptait parmi les plus anciennes du cimetière, était un élégant petit édifice de fonte réalisé dans le style gothique.

Ayant pris place avec Helmut Schnell bien en dehors du groupe des proches, notre lieutenant, tout de même la gorge serrée, observait avec attention tous ceux qui allaient rendre un dernier hommage à madame Saulnier. Le mari était blême, très digne, et il lança une brassée de roses sur le cercueil. Après lui, ses parents s'approchèrent de la fosse, sa mère chapelet à la main et faisant des signes de croix. Les autres suivirent, un à un, dans un silence écrasant. On entendit tout à coup d'énormes sanglots. Une femme entièrement vêtue de noir s'effondra en pleurant et on dut la soutenir, presque la porter jusqu'à une voiture d'où, allongée plus qu'assise, elle suivit la fin de la cérémonie sans cesser de pleurer et de hoqueter. Schnell avait pu discrètement la photographier, mais il n'avait eu dans son viseur qu'une silhouette sombre et un visage enfoui dans un vaste mouchoir.

Dubourg se demandait qui pouvait bien être cette femme si troublée. Pas une parente ni une alliée, car elle se serait trouvée plus près de Saulnier et des siens. Sans doute une amie de Marie-Hélène... Il se renseigna auprès de ses voisins, soulagés de dire quelques mots après une si grande tension, et il apprit bien vite qu'il s'agissait d'une certaine Josette Laplanche, amie d'enfance de madame Saulnier, et qui était comptable, attachée à un grand cabinet de la ville. Le lieutenant décida d'aller voir cette malheureuse au plus tôt, sans doute pourrait-elle lui donner des détails sur son amie. « *Encore sous le coup de l'émotion, elle ne sera pas sur ses gardes,* pensa Michel, *et elle m'en dira plus que dans quelques jours.* »

Le lendemain matin mardi, Dubourg appela le lieu de travail de mademoiselle Laplanche : il désirait avoir un rendez-vous avec la jeune femme. On lui apprit que, la veille, après l'épreuve de l'enterrement, Josette n'était pas revenue travailler et qu'on ne l'avait pas revue. Elle ne viendrait peut-être pas, car madame Saulnier était une amie très chère, la seule vraie, et sa mort avait dû être un coup terrible... La standardiste, aimable et efficace, communiqua à Michel le numéro de téléphone de mademoiselle Laplanche.
- Ça vous évitera de chercher, elle est sur liste rouge.
    Dubourg appela aussitôt et eut, au bout du fil, une Josette en larmes, presque inaudible.

- Je suis le lieutenant Dubourg. Après le décès accidentel de madame Saulnier, nous devons ouvrir un dossier, pourriez-vous me donner rendez-vous afin que nous parlions de la personnalité de votre amie. Pensez-vous qu'elle aurait pu se suicider ?

La réponse fut entrecoupée de sanglots.
- Je ne sais pas. C'est possible… Oui, je veux bien vous rencontrer. Ah, Marie-Hélène était ma seule amie, la plus sincère, celle sur qui on pouvait compter, celle qui avait toujours du temps pour vous écouter… Sans elle qu'est-ce que je vais devenir ? Je vais prévenir mon directeur que je ne suis vraiment pas assez bien pour travailler. Et demain, j'ai un jour de congé à rattraper, alors, venez demain à 11 heures, c'est la seule villa de la place Flore, c'est au premier étage.

Mais avant cela, le local des compteurs de l'appartement Saulnier devait être examiné. En début d'après-midi, tout émoustillé, Michel partit pour l'avenue Droz avec un spécialiste de l'identité judiciaire, celui qui recherche les traces et les indices. Arrivés devant la porte de l'immeuble, ils se rendirent compte qu'on ne pouvait entrer, il fallait connaître le code. Ils sonnèrent chez la concierge. Elle leur demanda par l'interphone qui ils étaient et mit du temps à bien vouloir leur ouvrir. Pas question de leur donner le code, même si c'étaient des policiers.
- Et puis, des policiers, en ces temps de malheur, y en a des vrais et des faux…

Finalement, comme ils avaient montré patte blanche, ou plutôt leur carte barrée de tricolore, mais des cartes y en a des vraies et des fausses, elle les fit entrer dans sa loge et commença à se lamenter sur son propre sort.
- Toujours dérangée, et à toutes les heures. Si vous croyez que c'est facile. Et puis il faut toujours nettoyer. Pour les

ordures, y a des vide-ordures, mais si vous croyez qu'y vont emballer leurs saletés, j'ose même pas vous dire ce que je trouve quand je m'occupe des poubelles... Des fois je sais d'où ça vient, ces horreurs, de chez des gens qu'on croit propres, et qui se prennent pas pour rien... Et dans l'entrée, des mégots, des traces de boue quand il pleut, et pourtant y a un paillasson, on risque pas de l'user !

Michel piaffait, mais il se rendait compte que, pour mettre en confiance la brave femme, il fallait en passer par là.

- La pauvre madame Saulnier, pas méchante du tout, pas fière, c'est pas comme son mari, et pourtant elle était folle de lui, si vous aviez vu comme elle le regardait, c'est un gros prétentieux celui-là, qui veut péter plus haut que son cul, et toujours il lui faut la dernière voiture, et jamais il dit bonjour, et toujours il met son auto devant l'entrée, c'est pourtant interdit, il faut laisser la place si quelqu'un veut décharger, et lui, il bloque tout. La semaine dernière, une ambulance qui ramenait monsieur Torrès, le pauvre, qui venait de se faire opérer de la hanche, elle a pas pu stationner devant la porte, ça a été la croix et la bannière pour le transporter sans trop le secouer !

On en arriva enfin au sujet pour lequel Dubourg était venu et la concierge parla du local des compteurs.

- Il y en a un par étage et deux ou trois appartements par étage, c'est selon. Vous avez les compteurs d'eau chaude et ceux d'eau froide, les compteurs à gaz et ceux pour l'électricité, les noms des locataires sont marqués dessus. On ouvre les portes avec un carré, enfin, on devrait, mais y en a qui prennent n'importe quelle clef ou n'importe quel tournevis, ça déforme tout et, après, c'est pas facile d'ouvrir. Voilà le carré. Vous voulez que je vienne avec vous ? C'est au troisième étage.

Michel ne tenait pas à ce qu'elle les suive, elle et son bavardage continuel…
- Non, on ne veut pas vous faire perdre votre temps. On y va rapidement et on vous rend le carré.
Pour avoir une idée de l'immeuble, pour s'imprégner de son atmosphère, Michel grimpa d'un pas alerte jusqu'au troisième étage, partagé par les Saulnier avec un autre locataire. Le spécialiste de l'identité judiciaire, lui, avait préféré prendre l'ascenseur. Blond, bouclé, les traits fins et le regard bleu azur, Casimir Montrond, surnommé le beau Casimir, était la coqueluche de toutes les femmes. Il n'hésitait pas à parler de ses bonnes fortunes et il en rajoutait même un peu. Mais comme il était serviable, bon camarade et toujours de bonne humeur, ses collègues, tout en se moquant de ses vantardises et en le taquinant - mais on taquine seulement ceux que l'on aime bien - appréciaient le sérieux de son travail et aimaient faire équipe avec lui.

Les compteurs des deux appartements du palier se trouvaient dans un placard et, avant d'essayer d'entrer dans ce réduit, le lieutenant Dubourg, tout rouge d'excitation, il rougissait du reste facilement et cela le désolait, demanda à Montrond de voir s'il y avait des empreintes sur la porte. Le beau Casimir n'en releva pas.

Dubourg assistait à l'opération d'un air flegmatique, pourtant il était tout fier et, comme avait dit de lui une amie canadienne en d'autres circonstances, *« il avait du velours sur son ego »*. Monsieur le lieutenant Dubourg tenait sa première affaire. Monsieur le lieutenant Dubourg, lui seul, s'était rendu compte que quelque chose clochait… Mais Michel sentait bien qu'il lui fallait trouver des preuves et ne pas jouer à la grenouille, s'enfler, s'enfler, pour finir dans un gros floc ! Ce serait la honte !

Les compteurs portaient bien les noms des deux occupants de l'étage. Celui des Saulnier fut donc facile à repérer mais, curieusement, il semblait tout neuf ! Pas un brin de poussière, la manette bien brillante. Aucune empreinte, alors que l'autre compteur était tout constellé de marques de doigts qui se chevauchaient dans tous les sens. Enfin, quelque chose de bien particulier ! La concierge ne devait pas souvent faire le ménage dans le réduit, et c'était tant mieux pour l'enquête, car le sol recouvert de poussière permit de voir que quelqu'un s'était tenu là, avait piétiné sur place et avait même tenté d'effacer les empreintes de ses pas. Homme ou femme, c'était trop brouillé pour pouvoir le dire. Montrond prit quelques photos, tandis que Dubourg continua à inspecter les lieux, s'aidant d'une torche dont le rayon lumineux révéla tout à coup, sur le mur rugueux, à environ 1,50 mètre du sol, quelques traces dorées. Un indice peut-être ? Il ne fallait rien négliger, aussi, toujours ganté de latex, muni d'un sachet de plastique et d'un pinceau, Casimir recueillit-il quelques minuscules paillettes. Il pouvait peut-être s'agir de restes de la garniture d'un arbre de Noël entreposé là après les fêtes. Mais sait-on jamais ?

5

Etant sur place, le lieutenant Dubourg en profita pour essayer de rencontrer l'autre locataire du troisième. Il eut de la chance : à peine eut-il sonné que l'on ouvrit. Il reconnut aussitôt un de ceux qui avaient assisté à l'enterrement et se présenta à « *Monsieur Sambin Julien* », c'est ce qui était noté sur la carte de visite collée sur la porte, sous une plaque de cuivre gravée au nom de « *Madame Ernestine Laforêt* ». Julien Sambin était un homme d'environ 55 ans, de taille moyenne, au regard très doux et au crâne dégarni, sur lequel, croyant donner le change, il rabattait de longues mèches poivre et sel. Le résultat était plutôt attristant… Très aimable, il comprit aussitôt que, après le décès de madame Saulnier, un policier désirait interroger les voisins.
- Vous avez de la chance. Je ne travaille pas aujourd'hui. Mais entrez, asseyez-vous. Excusez le désordre, je suis professeur d'anglais, j'ai des cours à préparer, des copies à corriger et je suis littéralement envahi par la paperasse…

Tandis qu'il parlait, il se dépêchait de débarrasser un canapé de cuir fauve, le libérant de plusieurs piles de livres et de dossiers, qu'il déposait au fur et à mesure sur le tapis.
- Je connaissais assez peu madame Saulnier. Jusqu'à l'année dernière, je vivais avec ma mère qui a toujours eu une mauvaise santé. Elle est décédée en novembre. Je me suis toujours occupé d'elle, je ne fréquentais personne…

Julien Sambin avait une sœur, Dominique. Durant des années, tous deux, célibataires, avaient vécu avec leur mère, divorcée, tandis que leur père, remarié aux Etats-Unis, ne donnait plus aucun signe de vie. Madame Laforêt ayant des « *crises de cœur* » à la suite du moindre incident, de la moindre contrariété, ses enfants s'étaient employés à lui ménager une existence paisible et ouatée. Ils satisfaisaient tous ses désirs, allaient en vacances avec elle, dans l'endroit qu'elle avait choisi et vivaient à son rythme le reste du temps. Avait-on un dimanche prévu une sortie, dans un restaurant au bord de la Loue par exemple, si, en dernière minute, madame Laforêt avait envie de rester à Besançon, on ne bougeait pas de l'appartement ! Une promenade le long des rives du Doubs, à partir du jardin Micaud tout proche, était-elle envisagée un jour de beau temps, on se préparait et, tout d'un coup, plus question de sortir ! Julien et Dominique avaient même renoncé à inviter des amis car, chaque fois, leur mère intervenait, se mêlait de tout et posait des questions à la limite de l'indiscrétion. C'était l'inquisition…

Tout cela jusqu'au jour où Dominique en eut vraiment assez, décida de louer un appartement à Planoise et de vivre enfin pour elle seule. Cela ne se passa pas sans remous, sans tempête même. Quand sa fille lui apprit qu'elle allait déménager, madame Laforêt eut une crise de tachycardie et se trouva mal. Ses enfants, affolés, appelèrent d'urgence son médecin traitant. Celui-ci, connaissant bien sa patiente, lui donna simplement un léger calmant. Du coup, madame Laforêt, qui aimait jouer les mourantes et profiter de la situation pour voir tous ses caprices satisfaits, une fois le docteur Lamarque parti, le traita d'incapable, de nul, et se mit à gémir :

- Qu'est-ce que j'ai fait au bon Dieu pour avoir des enfants si ingrats ! Après tout ce que j'ai fait pour eux ! On m'abandonne ! On me laisse toute seule dans mon coin ! Comme un vieux chien malade ! C'est ça, emmenez-moi chez le vétérinaire pour qu'il me pique ! Vous serez bien tranquilles !

Ce soir-là, bien sûr, Dominique ne parla plus de s'en aller... Mais c'est elle qui tomba malade, et dans un tel état dépressif que le médecin lui ordonna - question de survie - de quitter l'avenue Droz et d'enfin s'installer rue de Picardie, dans l'appartement loué depuis quelques mois et toujours inoccupé.

Alors, une fois sa fille partie, madame Laforêt déclara qu'elle n'avait plus qu'un seul enfant, Julien, qu'il était seul à avoir du cœur, que Dominique était une ingrate et une égoïste.
- Elle part, moi qui me suis toujours dévouée, qui n'ai jamais pensé qu'à mes enfants ! Me voilà bien récompensée ! Heureusement encore qu'il y a Julien !

Julien, bien que très attaché à sa sœur, n'osait rien dire, il avait peur de déclencher une nouvelle crise...

Madame Laforêt n'avait pratiquement plus d'amies, elle en avait tant lassé par ses jérémiades continuelles que le vide s'était fait autour d'elle. Appelait-elle quelqu'un au téléphone, ce n'était pas pour prendre des nouvelles de cette personne, c'était uniquement pour parler d'elle-même, de sa santé et de ses états d'âme. Un jour, poli, n'osant pas écourter la conversation, mais excédé, un de ses neveux de Clermont-Ferrand se mit à tracer, sur le bloc-notes qui se trouvait à portée de main, un petit trait de crayon chaque fois que sa tante disait « *je* », « *me* » ou « *moi* ». A la fin du monologue, la page était noire !

Finalement, pour la pauvre Dominique, le départ avait été un renouveau. Enfin, elle pouvait respirer et non plus vivre en pensant sans arrêt à ce qui ferait plaisir à maman ou à ce qui risquerait de contrarier maman. Elle avait tellement l'habitude d'être ainsi conditionnée qu'au début, au sortir du magasin d'optique où elle travaillait, rue des Granges, elle n'osait même pas flâner. Jusqu'alors, elle s'était toujours sentie moralement obligée de rentrer aussitôt après être allée chercher un peu de ravitaillement à l'Uniprix de la Grande-Rue et toujours, sans même qu'elle s'en rende compte, sur le chemin du retour vers l'avenue Droz, elle marchait plus lentement, son pas se faisait plus lourd, elle savait que, de toute façon, elle serait accueillie par les soupirs de sa mère, assortis de multiples détails sur des malaises souvent imaginaires…

Quelle joie, désormais, d'avoir un chez-soi, de manger n'importe quoi, et n'importe quand. Quel plaisir d'inviter une amie sans essuyer de commentaires dépréciatifs, ou de pouvoir faire signe à un collègue de travail, ce qui aurait été inconcevable auparavant.

Après tous les moments consacrés à leur mère, Dominique se sentait souvent coupable d'avoir pris son indépendance en laissant tout le fardeau à Julien mais celui-ci, compréhensif, l'avait rassurée, il était heureux de voir combien sa sœur avait changé. Son teint brouillé s'était éclairci, son regard était plus vif; elle était plus détendue, attentive et bavarde, et elle étonnait son entourage par un esprit de repartie jusqu'alors insoupçonné. Pour Dominique, c'était une revanche sur un passé oppressant, sur le fait de ne pas avoir pu aller suivre à Paris les cours de l'Ecole des Chartes à laquelle elle avait été inscrite car, tout à coup, plus question de partir, ses parents venaient de divorcer, maman avait besoin d'elle…

Depuis le départ de Dominique, le frère et la sœur s'étaient vus en cachette.

Ainsi, tout était retombé sur Julien. Il était littéralement paralysé devant sa mère. Il savait que la plus petite réflexion serait prise en mauvaise part, que la moindre tentative d'indépendance déclencherait une crise. Chaque fois, il devait appeler un nouveau médecin car chaque fois madame Laforêt ne voulait plus de celui qui venait de la soigner, elle ne rêvait que d'une chose, trouver enfin un docteur qui pourrait la déclarer gravement malade, très gravement malade…

Cette triste existence avait duré des années. Pour Julien, des liaisons à la sauvette, puis une plus importante, mais sans espoir car, aux premiers mots de son fils pour lui parler d'un mariage éventuel, madame Laforêt avait eu une crise particulièrement aiguë qui avait coupé court à toute future conversation à ce sujet. On n'en parla donc plus, tout rentra dans l'ordre. Ce fut la routine habituelle, Julien toujours à la botte de sa mère et enviant sa sœur d'avoir eu le courage de partir. Il se sentait ligoté et refusait toute invitation :
- Je ne peux laisser maman toute seule…

Il aurait bien aimé faire des voyages, aller au-delà des environs immédiats de Besançon, mais :
- C'est trop loin pour ma mère… Impossible de m'absenter…

Alors, quand madame Laforêt mourut, non pas du cœur comme on aurait pu le craindre, mais d'un cancer généralisé, ce fut bien sûr le drame. Julien l'avait soignée avec tout le dévouement et toute l'abnégation possibles et sa vie, jusqu'alors vouée à sa mère, devint pour lui vide, sans but. Simplement, il se consacra entièrement à son métier d'enseignant où, du reste, sa patience et sa disponibilité faisaient merveille. Ses collègues, ses rares amis avaient pensé que, désormais libre, n'ayant de comptes à rendre à personne, il en aurait profité pour entreprendre tout ce à quoi il avait toujours renoncé. Pas du tout. Il était tellement ancré dans une vie presque passive qu'il n'en changea pas le moins du monde. On en vint même à se demander s'il n'avait pas trouvé, malgré les contraintes, assez confortable de s'en remettre pour tout aux caprices et à la volonté de sa maman...

Maintenant seul dans l'appartement de l'avenue Droz, Julien n'avait rien changé à sa façon de vivre, n'avait rien changé au décor et la chambre de sa mère était restée telle quelle.

Voici que le lieutenant Dubourg venait lui demander des renseignements sur sa malheureuse voisine...
- Non, je ne peux rien vous dire de précis. Je la voyais rarement. Bonjour, bonsoir... Toujours aimable... Son mari aussi du reste... Un couple sympathique... Mais, vous savez, il y a deux ascenseurs par cage d'escalier, alors c'est rare de se trouver ensemble. Oui, le soir de l'accident, j'étais là. Je ne me suis douté de rien, j'ai simplement entendu les pompiers arriver à l'étage. Je suis sorti sur le palier. Si j'avais pu faire quelque chose avant... Si elle m'avait appelé... Quelle histoire... Que c'est triste...

Ce témoignage n'apportait rien et Michel quitta rapidement Julien Sambin après l'avoir remercié.

De retour à Goudimel, fiévreux et impatient, Dubourg donna à analyser les paillettes recueillies par Casimir Montrond. Il aurait bien aimé voir encore se prolonger cette journée et c'est la tête pleine de son affaire qu'il rentra chez lui, tout à ses pensées, ne répondant à sa femme que par des monosyllabes bourrues. Après le repas, Maryse, le voyant tellement préoccupé, s'installa devant la télévision. Il vint suivre le film avec elle, mais continua à réfléchir, prit quelques notes et, finalement, se mit au lit, avec une nuit blanche en perspective. Il lui tardait d'être au lendemain, Michel espérait beaucoup de sa rencontre avec mademoiselle Laplanche. Sans doute lui donnerait-elle des renseignements importants.

Le rendez-vous était donc pour 11 heures, place Flore. A ce moment-là, quand le lieutenant se présenta au premier étage du petit pavillon de Josette - la seule villa de la place - il fut étonné de voir la porte d'entrée entrouverte. Comme il ne reçut pas de réponse à son coup de sonnette, il entra en claironnant son nom. Personne dans le vestibule. Dans la salle à manger, personne. Plus il avançait dans l'appartement, plus l'inquiétude le gagnait. Il appela, pas de réponse. Dans la cuisine, personne non plus. Enfin, la chambre. Et là, sur le lit, inanimée et râlant, mademoiselle Laplanche. Sur la table de nuit, un verre d'eau à moitié plein et un tube vide. Et tandis qu'il attendait le SAMU, aussitôt prévenu, Michel trouva un mot : « *Je ne puis rester en vie. Je suis responsable de la mort de Marie-Hélène. Pardon.* »

A l'hôpital Saint-Jacques, lavage d'estomac, soins intensifs. On arriva à sauver de la mort Josette Laplanche, mais elle se trouvait dans un état comateux et les médecins ne purent faire aucun pronostic.

L'hôpital Saint-Jacques se trouvait en plein cœur de la vieille ville. Cette construction du XVIIIe siècle avait été le premier grand chantier civil lancé par Louis XIV alors qu'il venait de conquérir la Franche-Comté. Ce qui frappait au premier abord, c'était une superbe grille à travers laquelle on voyait une cour ornée de massifs fleuris et bordée de galeries sur trois de ses côtés. Les sœurs hospitalières de l'ordre de Notre-Dame-des-Sept-Douleurs avaient desservi cet hôpital jusqu'en 1956 et de nombreuses ailes du bâtiment portaient encore le nom de différents saints. C'est ainsi que l'on pouvait invoquer saint Joseph, saint Bernard, saint Roch, saint Denis, saint Charles et sainte Elisabeth… Jadis, afin que chaque patient puisse suivre le déroulement de la messe, l'autel des malades, qui existe encore, superbe et doré, se trouvait à l'intersection de deux salles communes disposées en croix.

Mitoyen de l'hôpital, un couvent avait été créé pour y *« accueillir les pécheresses »*, que l'on divisait en quatre catégories, *« les volontaires, les filles enfermées à la demande de leurs parents ou par mesure de police, les personnes détenues par lettre de cachet et les filles publiques… »*.

Après la Révolution, l'hôpital Saint-Jacques put s'agrandir en annexant ce couvent alors désaffecté puis, un peu plus tard, sa chapelle, Notre-Dame-du-Refuge, qui, surmontée par un dôme, présente une façade à l'élégante courbe rentrante. De style rocaille, la décoration intérieure fait montre d'une grande qualité et d'une remarquable unité. De part et d'autre de l'autel s'ouvraient jadis le chœur des religieuses et celui du personnel de l'hôpital. L'important tableau du retable montre la fondatrice et première supérieure de la congrégation du Refuge, Elisabeth de Ranchin, demandant à la Vierge d'intercéder en faveur de ses pénitentes.

Les jours passèrent, il n'y eut rien de nouveau, Josette était toujours dans le coma et Dubourg, de tout son cœur, espérait qu'elle s'en sortirait, pour plusieurs raisons, dont la principale et la moins avouable était la poursuite de l'enquête. Ce suicide avait rendu les interrogations encore plus nombreuses. En attendant, Michel essayait de recueillir des informations utiles. Lorsqu'il y a mort suspecte, on se pose automatiquement la question : A qui profite le crime ?

Qui hériterait donc de madame Saulnier ? Il n'y avait pas d'enfants. La fortune du couple venait des parents de Marie-Hélène et celle-ci aurait pu souhaiter que l'argent reste dans sa famille. Il n'en était rien, on apprit bientôt que Robert et sa femme avaient souscrit, chacun en faveur de l'autre, une très grosse assurance-vie et que tous deux avaient signé une donation au dernier vivant. Saulnier n'ayant apporté aucun bien personnel, il était largement gagnant dans l'affaire. Mais avait-il seulement besoin d'argent ? Et que venait faire Josette dans cette histoire ? La pauvre Josette, toujours dans le coma…

Une enquête approfondie montra que, contrairement à ce que l'on croyait, l'entreprise Saint-Fargeaux était dans une mauvaise passe : Marie-Hélène avait laissé faire son mari, ne lui demandant aucun compte, aucune justification et le cher Bob avait vu grand, bien trop grand. Grisé par la réussite, par le fait d'être devenu le patron, il s'était lancé dans d'importantes transformations des locaux et des entrepôts. L'architecte choisi, une relation de son club - et ne croyez surtout pas au fameux prix d'ami - était le plus cher de la ville et ne se préoccupait pas du prix de revient des matériaux ni des heures de main-d'œuvre nécessaires. La décoration des bureaux - là, un architecte d'intérieur - et une informatisation intense avaient encore gonflé la facture. Ajoutez à cela la crise, plus la passion des voitures de sport, souvent renouvelées, et toujours à perte, plus l'habitude de vivre sans compter, vous conviendrez que, dans ce cas, toute arrivée de fonds est la bienvenue. Alors, on peut être tenté d'en accélérer la venue…

Mais l'emploi du temps de Saulnier le soir de l'accident, ou du meurtre, de sa femme ?

C'était facile à vérifier. Trente personnes, au moins, pouvaient en témoigner : Robert avait dîné et passé la soirée avec les membres de son club, sans jamais quitter la salle de réunion. Le personnel du restaurant fut absolument formel.

Alors, rien à dire de ce côté…

***

Dubourg ne cessait de penser à l'affaire, à son affaire : et si Saulnier avait été l'instigateur du crime présumé ? Il lui aurait alors fallu un ou une complice. Et cette Laplanche qui ne se réveille toujours pas ! Car elle a bien écrit : « *Je suis responsable de la mort de Marie-Hélène.* »

Mais ce message peut avoir plusieurs significations : « *Je suis responsable* » égale « *Je l'ai tuée* », « *Je suis responsable* » : « *J'ai aidé à la tuer* », « *Je suis responsable* », c'est donc qu'elle s'est tuée à cause de moi !

En voilà des possibilités ! Et Michel ne cessait de penser à toutes les solutions possibles. « *Je l'ai tuée* » : Pourquoi aurait-elle supprimé sa seule amie ? dont elle demandait l'aide et à qui seule elle se confiait ? Elle avait tout à perdre ! Mais avait-elle un alibi pour le mardi soir ? Difficile à savoir pour l'instant ! « *J'ai aidé à la tuer* » : Comment une femme claironnant partout que Marie-Hélène était une des rares à la soutenir aurait-elle accepté de contribuer à l'éliminer ? A moins que… A moins qu'elle n'ait une liaison avec Saulnier ? Mais cela ne cadre pas du tout avec sa personnalité, à lui, lui qui semble tellement attiré par tout ce qui brille, par tout ce qui est clinquant, par tout ce qui est valorisant ! Mais Bob et Josette ! Josette et Bob ! Impossible ! L'eau et le feu, la carpe et le lapin… On dit bien que les extrêmes s'attirent, mais à ce point, impossible ! « *Elle s'est tuée à cause de moi* » : On se demande bien pourquoi ! Qu'aurait-il pu se passer de si grave ? Là encore une liaison Saulnier/Laplanche semble bien invraisemblable et Marie-Hélène n'était pas femme à laisser la place à une rivale éventuelle, elle tenait tant à son Bob, d'après tous les témoignages.

6

Quand donc Josette se réveillera-t-elle ? En espérant que ce moment tant attendu ne tarderait pas, ce moment qui allait donner le pourquoi du suicide, Michel Dubourg ne perdait pas son temps. Il enquêtait, il se renseignait, il engrangeait des détails qui, un jour, pourraient lui servir.

Alors un matin, après avoir pris rendez-vous avec le directeur du cabinet d'expertises comptables où travaillait mademoiselle Laplanche, il se rendit rue des Granges. Les bureaux étaient situés dans la cour d'un groupe de bâtiments que l'on appelait « les dames de Battant », car il s'agissait de l'ancien couvent de religieuses primitivement installées dans le quartier de Battant. C'est au XVIIIe siècle qu'elles avaient fait élever, dans une rue des Granges alors très peu peuplée, un monastère et un couvent. La révolution de 1789 ayant chassé les moniales, l'ensemble des bâtiments ainsi que l'église furent vendus, puis loués à des particuliers. On pouvait encore voir de très importants bûchers et, dans une modeste arrière-cour, un appartement desservi par un escalier extérieur. C'est ici qu'Antoine Lumière, le père des célèbres inventeurs du cinématographe, avait installé son atelier de photographie. Les petits Auguste et Louis, lorsqu'ils accompagnaient là leurs parents, ne se doutaient pas que l'église deviendrait un jour un cinéma, le plus ancien de la ville, et qu'on y projetterait, en 1930, le premier film parlant jamais passé à Besançon.

Le lieutenant Dubourg avait bien apprécié de pouvoir garer sa voiture dans la vaste cour car le problème du stationnement était un des gros soucis des Bisontins. Michel trouva facilement le cabinet d'expertises comptables, en rez-de-chaussée et signalé par une très grande plaque noire à lettres dorées. Il sonna et entra. Une secrétaire très décorative lui indiqua le bureau du directeur. Celui-ci, Justin Michaud, était un tout petit bonhomme rondelet, d'une quarantaine d'années, aux cheveux châtains drus et rebelles et aux épaisses lunettes de myope, à travers les verres desquelles ses yeux paraissaient minuscules. Le menton était carré et ferme. Le veston trop long aurait eu besoin d'être raccourci, de même que le pantalon. Quant à la cravate, elle était plutôt vulgaire, avec des couleurs criardes. Il fut très poli et presque aimable, mais on se rendait vite compte que, derrière ce masque se cachait une personne égoïste et assez indifférente. C'est à peine s'il demanda des nouvelles de la pauvre Josette. La seule fois où il s'apitoya, ce fut sur lui-même.

- Une employée de moins ! Avec tout le travail qu'on a en ce moment ! Je ne sais pas comment je vais y arriver !

Interrogé par Dubourg, Michaud précisa que la vie de mademoiselle Laplanche était connue de tous, transparente et réglée comme du papier à musique, et il appela sa secrétaire afin qu'elle donne, si possible, des détails supplémentaires. A eux deux, ils réussirent à retracer l'emploi du temps quotidien de Josette :

- 8h30 : départ de chez elle, à pied
- De 9 heures à 18 heures : bureau. Etude de dossiers sur place, ou dans une entreprise ayant fait appel aux services du cabinet comptable, le tout entrecoupé par la pause déjeuner, prise sur place, dans un restaurant ou chez elle, c'est selon

- 18 heures : départ du bureau, puis courses, ravitaillement au supermarché le plus proche de son domicile, celui de la rue de Belfort
- Vers 19 heures : retour chez elle.

Et comme cela toute l'année...

Et jamais de sorties le soir... En revanche, beaucoup de lecture - elle est inscrite à la médiathèque, rue de la République - de la télévision et surtout visionnage de films ; elle a une très importante collection de vidéos et là, elle est imbattable : vous lui donnez un titre, elle vous récite toute la distribution, sans oublier le nom du scénariste ou celui du compositeur de la musique.

Quant aux dimanches et aux journées libres, c'est lessive, grand ménage, couture et repassage, avec éventuellement de petits travaux de peinture car « *la Laplanche* », tout le monde le sait, est minutieuse, propre et même maniaque, une parfaite petite maîtresse de maison. Du reste, il suffit de voir comme son bureau est tenu, regardez, rien ne traîne, pas un objet superflu, des documents rangés en piles impeccables. Si vous avez besoin d'un dossier, elle vous le trouve sur-le-champ... Et puis des cintres pour pendre ses vêtements, des chaussures de rechange pour le jour où elle risque d'arriver en bottes boueuses. L'employée modèle, enfin...

Dans sa vie si terne, seuls intermèdes, les sorties avec Marie-Hélène. Le lendemain de ces jours-là, le personnel en avait le récit détaillé, dans quel restaurant elles étaient allées, ce qu'elles avaient mangé, la promenade qu'elles avaient faite, ou l'exposition visitée. Tout semblait limpide...
- Mais pendant les vacances ?

Là, il pouvait y avoir une zone d'ombre...
- Eh bien, Laplanche ne quitte pas la ville. C'est bien commode, elle peut même nous donner un coup de main si

on a un problème. Elle est partie une seule fois, aux Canaries, et encore pour quinze jours seulement… Et ça sur des années !
- C'est peut-être une liaison qui la fait rester là ?
- Vous voulez rire, dit Michaud d'un air méprisant, on ne voit vraiment pas à qui elle pourrait plaire longtemps.

Une personne, elle aussi toute prête à longuement parler de mademoiselle Laplanche, ce fut madame Hubert, qui vivait au rez-de-chaussée du pavillon dont Josette occupait le premier étage. Très âgée, elle était de plus infirme et, assise dans un fauteuil roulant, ne quittait pratiquement pas sa fenêtre. L'arrivée de la voiture du SAMU, de celle des pompiers, la vue de la jeune femme inconsciente sur une civière, tout cela, bien qu'impressionnant et attristant, avait d'autant plus animé une longue journée que, par la suite, de nombreux voisins étaient venus aux nouvelles.

Madame Hubert, qui s'était trouvée aux premières loges lors du drame, n'avait jamais reçu tant de visites, on ne l'avait jamais autant considérée, elle ne s'était jamais sentie aussi importante. Un vrai jour de gloire !

Et voilà même que la police venait se renseigner auprès d'elle ! Elle savait tout sur les habitants de son quartier, et elle était au courant du moindre geste de Josette, dont elle confirma l'emploi du temps quotidien.
- C'est une gentille petite, toujours serviable et prête à faire mes courses.

Un bon ami ? Elle n'en a pas ! Je vois de ma fenêtre tous ceux qui rentrent et qui sortent de la maison. C'est une fille sérieuse. Ah, si toutes les filles étaient comme ça ! La petite du boulanger, en face, pourrait en prendre de la graine ! Chaque jour, c'est un autre garçon qui la ramène du CFA, en auto, ou à moto. Et alors là, à moto, elle risque pas de tomber, si vous voyez comme elle se cramponne, il doit plus pouvoir respirer ! Et puis comment elle est attifée, toujours en minijupe, hiver comme été, et après, ça s'étonne d'être violée à tous les coins de rue ! Sa mère n'en dort plus et son père, le pauvre, lui qui travaille toute la nuit, dans la journée, il se repose, et il ne voit rien...

Si Dubourg n'avait pas coupé court, madame Hubert aurait passé en revue tout le quartier. Tandis que Michel faisait cette enquête de voisinage, d'autres ne chômaient pas non plus. Les petites traces dorées trouvées dans le local des compteurs avaient été examinées par acquit de conscience et loin d'être, comme on le pensait, le souvenir d'un arbre de Noël, elles venaient d'une laque spéciale, du type *« Pour parfaire une création de fête, illuminez votre chevelure »*. Après des analyses de plus en plus poussées, le laboratoire arriva à identifier la marque du produit. Restait à voir dans quels magasins de la ville on pouvait trouver des bombes Argor, qui avaient pour slogan : *« Une aura d'argent ou d'or pour votre coiffure »* !

Qui donc, avec cette laque sur les cheveux, avait bien pu se cacher dans le fameux local ?

On apprit enfin, avec soulagement, que mademoiselle Laplanche avait ouvert les yeux et semblait vaguement comprendre ce qu'on lui disait. Elle était encore très fragile et il ne fallait pas espérer communiquer avec elle avant longtemps, surtout pour évoquer des moments douloureux. *« Elle va s'en sortir, c'est l'essentiel,* se dit Dubourg, *et, en attendant, réunissons des éléments... »*

Après la tentative de suicide de Josette, Michel s'était détourné de la piste Robert Saulnier et il avait chargé un de ses collègues, ou plutôt une collègue, de recueillir des renseignements supplémentaires. On avait déjà appris que le veuf éploré était dans une situation financière critique mais on ne savait pas encore s'il menait une double vie. D'un autre côté, il fallait explorer la piste Argor, même si elle semblait fort mince.

Le lieutenant Lucie Le Galland, sortie de l'Ecole nationale supérieure de police (ENSP) en un très bon rang, prêtait à sourire lorsqu'elle disait quel métier elle exerçait. Toute menue, des cheveux châtain foncé coupés court, un petit air mutin, joliment et discrètement fardée, toujours vêtue avec soin, elle avait plutôt l'air de tenir une parfumerie ou de travailler dans un magasin de prêt-à-porter. Alors, pour éviter les réflexions, les « *Oh* », les « *Ah* » et les « *Comment* » elle en était venue à dire qu'elle était simplement attachée à une administration.

Lucie habitait rue Renan, près de la cathédrale Saint-Jean, dans un hôtel particulier du XVIIIe siècle à l'architecture traditionnelle : tout d'abord, un immeuble sur rue desservi par un escalier bisontin ouvert sur cour, ensuite un autre bâtiment donnant, d'un côté, sur cette cour et, d'un autre côté, sur un jardin où se trouvaient plusieurs bûchers. Une vieille fontaine témoignait du temps où l'eau arrivait au pied des maisons et où l'on appréciait de ne plus avoir à la chercher au puits du coin de la rue, même si alors l'endroit était lieu de rencontres et de bavardages…

Le problème de la Boucle, c'est qu'il est difficile de trouver à s'y garer. Les rues souvent étroites, les nombreuses portes cochères, les magasins plus nombreux encore dans certaines artères rendent le stationnement parfois impossible là où on le souhaiterait, aussi Lucie appréciait-elle de pouvoir aller travailler à pied. C'était pour elle un plaisir, une agréable façon de commencer sa journée, que de varier les itinéraires et de découvrir, en général à la faveur d'un ravalement, des détails jusqu'alors ignorés. Lucie avait ainsi pu remarquer que le Christ décorant un appui de fenêtre de sa rue, jadis uniformément gris, avait révélé, une fois nettoyé, avoir été sculpté dans la pierre de Chailluz à la manière d'un camée... Mais, parfois, lorsqu'elle était pressée par le temps, elle prenait un bus qui la déposait près du commissariat en quelques minutes.

L'arrivée de Lucie Le Galland, lorsqu'elle avait été nommée à Goudimel, n'était pas passée inaperçue et ils étaient bien nombreux, ceux qui avaient voulu tenter leur chance auprès d'elle, le beau Casimir en premier, bien sûr. Il lui plaisait plutôt, mais Le Galland se méfiait de ce genre d'individu. Elle avait vite jugé Montrond et se rendait compte qu'un « papillonneur » comme lui ne pourrait que la faire souffrir.

Dans le domaine du travail, on avait vite remarqué que Lucie, toujours à l'écoute de chacun, avait le don de mettre ses interlocuteurs en confiance et qu'elle arrivait, sans en avoir l'air, à obtenir beaucoup plus de précisions, de confidences ou d'aveux que ses collègues. On la sentait fine et psychologue et on lui confiait volontiers les missions délicates.

Le lieutenant Lucie Le Galland fut donc chargée de se renseigner sur les bombes Argor. Un coup de téléphone au fabricant, dont les usines se trouvaient heureusement en France, lui apprit que ce produit n'existait pas dans le commerce. Les coiffeurs, eux seuls, pouvaient s'en procurer. Ils l'utilisaient, mais ne le vendaient pas. Quant aux noms de ceux que les ateliers approvisionnaient, à Besançon et dans sa périphérie, le directeur ne les connaissait pas ; pour cela, il fallait voir le distributeur. Renseignements pris, celui-ci n'avait fourni de l'Argor qu'à trois salons de la ville seulement et à un autre se trouvant à l'extérieur. Il s'agissait alors de A l'Instar de Paris, Tiff'Annie, Camille S. et Idéal Coiffure.

Lucie en nota les adresses, heureuse de travailler sur cette enquête originale. Elle chercha, sur un plan de la ville, l'emplacement exact de la rue où se trouvait le salon de coiffure A l'Instar de Paris. C'était dans le quartier de Battant.

Extérieur à la Boucle, c'est-à-dire la partie de la vieille ville située dans la boucle du Doubs, le quartier de Battant est lui aussi très ancien. C'est là que les Romains avaient construit des arènes, loin du centre de leur cité. Déjà des problèmes de stationnement! La culture de la vigne a été longtemps la principale activité de Battant si bien qu'une place, depuis la Renaissance, porte le nom de Bacchus et l'on remarque encore, le long des trottoirs, de nombreuses entrées de caves. La vigne ayant disparu en raison du phylloxéra, des impôts et de la concurrence des vins du Midi, les habitants du quartier se sont alors reconvertis dans l'horlogerie. Cette activité ne demandait ni une importante mise de fonds, ni beaucoup d'espace, aussi pouvait-on travailler chez soi et en famille. Il y eut alors de très nombreux ateliers.

Pendant fort longtemps, le quartier de Battant a été fréquenté par les paysans les jours de foire. Les marchands et les artisans y ont longtemps tenu boutique, tandis que les voituriers en sillonnaient les rues. Les auberges étaient nombreuses. Elles avaient des enseignes parlantes pour les illettrés, Mouton Noir, Lion Vert ou Grand Saint Pierre, et elles étaient particulièrement appréciées par ceux qui, le soir, ne pouvaient quitter la ville s'ils s'étaient fait surprendre par la fermeture des portes, usage en vigueur jusqu'à la fin du XIXe siècle.

A l'Instar de Paris était une boutique vieillotte située rue de Vignier, une rue petit à petit abandonnée par les commerces et les habitants et où certaines portes étaient même murées, afin que les maisons ne soient pas envahies par les squatters. L'entrée du salon - et salon semblait un grand mot quand on voyait la minuscule boutique - l'entrée donc se situait dans un couloir et, comme elle était peu visible, on avait jugé bon, pour la signaler, de placer un écriteau en évidence dans l'unique et petite vitrine : « *Entrée de l'Instar* » avec une flèche indiquant la bonne direction. A peine entrée dans l'Instar, Lucie fut saisie à la gorge par une odeur d'humidité et de renfermé, bien loin des effluves embaumés qui vous enveloppent agréablement chez certains coiffeurs. La boutique ne comptait qu'un bac à shampooing et deux fauteuils. Cela sentait le manque d'entretien, l'abandon ; les murs étaient lépreux, l'éclairage parcimonieux, les revues partaient en lambeaux. On voyait bien que le salon végétait mais l'aimable monsieur Marcel, l'âge de la retraite largement dépassé, expliqua qu'il restait pour quelques rares habitués seulement et que, s'il fermait son salon, ce serait trop triste, il s'ennuierait bien trop.

- La laque Argor, oui, j'en ai eu. C'était quand j'avais beaucoup de clientes. Avant, mon salon était plus important, j'avais du personnel, je faisais l'homme, je faisais la femme... Maintenant, je suis tout seul, je fais plus que l'homme alors, bien sûr, Argor, je m'en sers plus, du reste, j'en ai plus du tout. Ah, je me souviens, j'en avais commandé pour une belle fête organisée à la Noël par la Bousbotte, les enfants étaient déguisés en anges et ils devaient tous avoir les cheveux dorés. C'était beau, c'était superbe même, mais cette laque, elle était de trop bonne qualité, alors pour la faire partir... Les petits anges, on a dû leur faire pas mal de shampooings... C'était le bon temps, maintenant je suis vieux, mon salon ne vaut plus rien mais je le garde tant que je resterai debout.

Monsieur Marcel semblait heureux de pouvoir parler, même si ses propos n'étaient pas des plus gais. Dans sa boutique désertée, il avait de moins en moins l'occasion de faire la conversation, et puis Lucie était si charmante, elle lui prêtait une oreille si attentive. Il proposa même de lui donner un coup de peigne, l'interrogea sur son métier et lui fit promettre de revenir à l'Instar.

7

Après avoir quitté le brave monsieur Marcel, Lucie se dirigea vers la rue de la Madeleine, qui porte le nom de la seule église de Battant, une impressionnante construction dont les puissantes tours, qu'un auteur a jadis qualifiées de « *pachydermiques* », dominaient tout le quartier et dont l'une était dotée d'un jaquemard qui « *piquait les heures* ». Ce personnage de bois, vêtu d'une armure de fer blanc, peint aux couleurs de Besançon, pantalon jaune, veste rouge et bottes noires, a longtemps participé à toutes les fêtes, symbolisant le Bousbot, c'est-à-dire l'habitant du quartier. Il était alors descendu de sa tour, promené en triomphe dans la ville et, à l'occasion, prenait même la parole…

Parvenue devant l'église, Lucie regarda le jaquemard, toujours fidèle à son poste et, comme l'horloge toute proche marquait 10 h 30, elle se rendit compte qu'elle avait encore bien le temps d'aller glaner des renseignements dans un autre salon. Pourquoi pas Tiff'Annie, Grande-Rue ? Lucie n'avait qu'à traverser le pont Battant pour gagner la Grande-Rue. Cette voie, depuis toujours principale artère de Besançon, était bordée de beaux immeubles anciens. C'est là que se concentraient un très grand nombre de magasins car, de tout temps, il a été bien vu d'avoir « *pignon sur Grande-Rue* ». Une partie piétonnière favorisait les flâneries et les haltes devant les vitrines. Une fontaine moderne, composée de plateaux circulaires harmonieusement disposés, évoquait les rouages d'une montre, pour que l'on n'oublie pas que Besançon avait été la capitale de l'horlogerie. La ville avait fourni, à un moment, jusqu'à 90 % de la production nationale.

Se refusant consciencieusement à faire du lèche-vitrines, le lieutenant Le Galland passa rapidement dans la zone piétonnière, traversa la place qu'elle nommait toujours place Saint-Pierre et arriva bientôt chez Tiff'Annie. Le salon de coiffure se trouvait au rez-de-chaussée d'un ravissant petit hôtel particulier construit avant la Révolution, un vrai décor de théâtre avec son balcon d'opérette et ses guirlandes fleuries. La maison passait pour avoir été commandée à l'architecte par une certaine veuve. Une veuve joyeuse ? Le décor paraissait bien trop joli pour une femme éplorée…

Avec Tiff'Annie, on entrait dans un monde bien différent de celui de l'Instar. De larges vitrines et, à l'intérieur, de la lumière, des glaces partout, des étalages savants, des pyramides de produits de beauté capillaires et de grandes photographies montrant les dernières tendances dans le domaine des cheveux, longueur, aspect et couleur.

Une dizaine de coiffeuses en blouse vert céladon allaient d'une cliente à l'autre. Presque du travail à la chaîne : à chacune sa spécialité, il y avait celle qui coupait les cheveux, celle qui les colorait, celle qui frisait, celle qui défrisait, celle qui « mêchait », tandis que les shampooineuses ne quittaient pas leur bac et que la patronne et sa seconde étaient les seules à pouvoir donner le coup de peigne final. Alors après, miroir en main, elles montraient à la cliente le résultat final, sous tous les angles, en attendant les *« Bien, très bien »* qui étaient censés venir. Il y avait donc toute une hiérarchie et chaque employée devait rêver de passer à l'échelon supérieur.

On vous servait même le café dans des tasses de porcelaine fine et, au moment des fêtes, vous aviez droit à des chocolats. Tout semblait parfaitement organisé et madame Vida était très fière de son salon. Elle répondit aimablement à Lucie, tout en regardant sa coiffure d'un air critique, la coupe du lieutenant Le Galland devait lui paraître vraiment trop « *province* ».
- La laque Argor, je l'ai utilisée au moment du réveillon, mais ça fait des mois et, depuis, on ne s'en est pas servi. Ça, j'en suis sûre, car c'est seulement moi qui la mets aux clientes. Ah, ça leur plaît bien, c'est la touche finale, c'est le petit plus qui change tout. Vous savez, je coiffe la femme du maire, celle du préfet, des professeurs, des docteurs et même la députée.

La matinée était déjà bien avancée. Aussi Lucie alla-t-elle directement à Goudimel pour y mettre ses notes au clair sans trop d'enthousiasme, la récolte avait été bien maigre. La rue Goudimel se trouvait dans le prolongement de la rue des Boucheries, que sa vocation avait ainsi nommée car la plus grande partie du commerce de la viande de Besançon s'y était faite depuis toujours ; les bouchers possédaient là leurs bancs au Moyen Age. L'abattage des animaux, longtemps autorisé à ce seul endroit, y avait été favorisé par la présence toute voisine du Doubs. La grande boucherie du Bourg n'existait plus mais la rue abritait encore de nombreux commerces de bouche, restaurants et charcuterie...

N'ayant pas le temps de remonter chez elle, Lucie alla déjeuner précisément dans un des petits restaurants de la rue des Boucheries puis décida d'aller voir Idéal Coiffure en début d'après-midi. Ce salon de coiffure était tenu par Marie-Claire qui, après avoir travaillé en ville, s'était mise à son compte dans une localité située au sud-ouest de

Besançon, à Boussières. Elle était si aimable, toujours disponible et tellement compétente qu'une grande partie de sa clientèle l'avait suivie et ne craignait pas de faire le déplacement pour être coiffée selon les règles de l'art. Les jeunes apprenties qui préparaient le CAP ou le brevet étaient à fort bonne école et récoltaient toujours de bons résultats à leurs examens.

Le lieutenant Le Galland avait averti la coiffeuse de sa venue et se fit aussitôt connaître de Marie-Claire. Celle-ci était mignonne, menue, moulée dans un pantalon noir et coiffée à ravir, de courts cheveux châtains éclairés par des mèches blondes. Les clientes, sous le casque ou en coloration, ne réclamant pas de soins immédiats, elle demanda à Lucie de la suivre dans la petite arrière-boutique. Là, confortablement assise devant un café et des petits gâteaux, Le Galland expliqua pourquoi elle était venue et demanda, une fois de plus, des précisions sur la laque Argor.

- Oui, j'en ai toujours en stock. Mais, bien sûr, c'est surtout pendant les fêtes de fin d'année que nous l'utilisons. Il m'est arrivé de donner des bombes bien entamées aux clientes qui viennent se faire coiffer quelques jours avant le 31 décembre, comme ça, avant de partir pour le réveillon, elles peuvent donner la dernière touche à leur coiffure. Mais, cette année, ça ne s'est pas présenté... L'an dernier, je ne sais plus... Ah, oui, à madame Boucicaut, mais elle a quitté Besançon, et puis à madame Dupuy, mais, la pauvre, elle est morte il y a six mois...

Lucie remercia vivement Marie-Claire, mais repartit déçue, il n'y avait aucun élément nouveau...

L'enquête du lieutenant Le Galland n'avait vraiment pas avancé, alors, plus qu'une seule chance : Camille S., à Besançon, place de la Révolution, tout près de l'hôtel de police ! Lucie qui, au début, avait été ravie de faire ces enquêtes dans un milieu qu'elle ne connaissait pratiquement pas, commençait malgré tout à en avoir assez. Beaucoup de temps perdu et jusqu'alors aucun résultat. Peut-être chez Camille... Ah ! Camille, un poème ! « *Camille S. Artiste Capilliculteur* » ! Précieux, maniéré, et avec des cheveux d'une rare teinte blonde - authentique ou artificielle ? - qui faisait envie à ses clientes. Tandis que ses employés, ses « *collaborateurs* », comme il disait, n'avaient droit qu'à de simples tee-shirts marqués « *Camille S.* » en lettres énormes, il était le seul à porter une blouse de style Mao du même bleu que ses yeux, ses yeux dont il était si fier qu'il les mettait en valeur en entretenant toute l'année un bronzage savant. Ses clientes adoraient Camille dont elles trouvaient le coup de peigne « *divin* », la délicatesse « *exquise* » et à qui elles confiaient leurs secrets les plus intimes...

- Madame Saulnier, oui, je la connais, mais je ne peux pas dire que c'est une cliente que je vois souvent. Elle vient peut-être quatre ou cinq fois dans l'année, et pour une simple coupe. Elle ne veut même pas que je masque ses premiers cheveux blancs... A part ça, c'est une femme sympathique, discrète, pas m'as-tu-vu pour deux sous... C'était, plutôt... Quelle tristesse, savoir qu'elle est morte comme ça...

Camille se montra avec Lucie très coopératif.
- Argor, c'est-à-dire argent ou or, mais oui, mais oui, je l'utilise beaucoup au moment des fêtes : une fois la coiffure élaborée, terminée, pfuitt, un petit nuage et tout est transformé, un vrai coup de baguette magique. Pfuitt... C'est une autre femme... Si je vous disais que moi, je m'en suis servi chez moi, d'une bombe or, pour l'inauguration de mes nouveaux locaux, à la rentrée, en septembre ! Vous n'y croiriez pas... Mais c'était pas sur mes cheveux, est-ce que

je vous le dis ? Mais ne le répétez pas ! Sur les fleurs du centre de table ! Joli, joli, joli, un succès fou... sur des étoiles aussi, que j'avais mises sur la nappe. Je les leur ai données après, à mes clientes, elles étaient ravies, elles sont toutes reparties avec, et les fleurs, et les étoiles...

On aurait eu en prime des détails sur le service de verres, la composition du buffet et les toilettes des invitées si Lucie n'avait pas posé la question :
- Mais cet Argor, est-ce que vous vous en êtes servi récemment ?
- Non, c'est seulement au moment des fêtes... Mais, j'y pense, c'est un produit dont l'usage nous est réservé. On n'a pas le droit de le vendre, mais il m'arrive de donner à mes bonnes clientes, à mes toutes chéries, des bombes où il reste encore un peu de laque, pour qu'elles puissent faire elles-mêmes une vaporisation à la dernière minute. Vous ne pouvez pas savoir comme ça leur fait plaisir, ces petites gâteries...
- Les noms de ces clientes, vous pourriez me les donner ? Et leur adresse ?
- Oh, c'est très gênant, c'est confidentiel. Enfin si je ne peux pas faire autrement...

Le lieutenant Le Galland apprit finalement que, cette année, il avait offert trois fonds de bombe Argor, des bombes or, celles qui avaient le plus de succès, à la femme du docteur Berthaud, à celle du directeur de la banque Clavel et à la petite Belin, celle des Grandes Galeries d'Ameublement, ou plutôt la fille du propriétaire de ces Galeries.

Ces noms ne disaient rien à Lucie mais Camille, lui, était tout fier de les citer, tout fier de montrer qu'il coiffait du beau monde et, comme il possédait une fiche détaillée sur chacune de ses clientes, il lui fut facile de retrouver les adresses demandées. Le maître capilliculteur put affirmer

qu'elles étaient bien, toutes les trois, venues le 31 décembre. C'est alors qu'il leur avait donné ces bombes, pour la touche finale.
- S'il vous plaît, ne parlez à personne de cet entretien, demanda Lucie.
- De toute façon, je n'en dirai rien, vous m'avez fait vous donner des renseignements confidentiels, si cela se savait... quelle honte !

Tout heureuse d'avoir enfin un peu de concret, le lieutenant Le Galland regagna bien vite le commissariat. Il lui tardait de faire son rapport à Dubourg. Hélas, celui-ci n'était pas là. En l'attendant, la jeune femme prépara, elle aussi, une fiche sur chacune des clientes « Argor » dont Camille S. lui avait donné, non sans réticence, les noms et les adresses.

Michel à peine arrivé, Lucie lui fit le récit détaillé de son après-midi et lui donna tous les renseignements qu'elle avait pu glaner. Chaudement félicitée et encouragée, elle fut chargée de voir si l'une de ces dames pouvait connaître les Saulnier.
- Mais, attention, allez-y doucement, on pourrait avoir des histoires. Gare aux retombées...

Et alors, enfin un semblant de piste ! Car le docteur Berthaud, monsieur Clavel et monsieur Belin faisaient tous trois partie du club de Robert Saulnier. Un point commun à exploiter... Donc les ménages se connaissaient, donc une de ces dames aurait pu vouloir la mort de Marie-Hélène, par vengeance, par jalousie, ou bien encore par amour pour Saulnier. Mais alors Josette ? Elle a écrit qu'elle était responsable... Et il n'était pas encore possible de l'interroger...

Dubourg et Lucie considérèrent chaque possibilité. Tout ce qu'ils savaient de madame Saulnier, de sa vie calme et paisible, très popote même, le fait qu'elle n'aimait pas les mondanités, ne sortait que lorsqu'elle y était vraiment obligée et vivait repliée sur elle-même, tout cela excluait presque d'emblée un désir de vengeance contre elle, et personne non plus n'aurait songé à lui prêter un amant. Il fallait plutôt voir qui aurait pu désirer la disparition de Marie-Hélène, cette disparition qui rendait son mari libre et riche, très riche.

Y avait-il une chance pour que l'une de ces femmes ait une liaison cachée, bien cachée, avec le cher Bob ?

Le couple Berthaud ne continuait à vivre ensemble que pour conserver un patrimoine commun : la clinique chirurgicale. Le docteur et sa femme, anesthésiste, s'étaient mariés en cours d'études et, par la suite, ils n'avaient eu, pendant longtemps, qu'un seul but : fonder une clinique. C'était une obsession, pas de vacances, pas de répit. Ce fut enfin la joie de voir leurs efforts récompensés, avec un superbe établissement des plus fonctionnels, des collaborateurs efficaces, une clientèle choisie, des responsabilités valorisantes, mais vient un moment où l'on se rend compte que l'on n'a fait que travailler durant des années, les meilleures de sa vie, et que l'on est passé à côté de bien des choses... Alors, on veut rattraper le temps perdu, ou que l'on a cru perdu... Et ce sont des voyages au bout du monde, pas toujours ensemble, et puis, pour l'un comme pour l'autre, de multiples aventures, dont ils ne se cachaient pas du reste. C'étaient des passades, de courtes expériences, on ne leur avait jamais connu de longues liaisons.

8

Il y eut également une enquête sur celle que l'on appelait « *la petite Belin* », une enfant unique, capricieuse et gâtée, choyée, surchoyée par un père veuf qui ne savait pas lui résister et dont elle obtenait tout ce qu'elle voulait. Toutes les personnes discrètement interrogées par Lucie furent unanimes sur ce point et le lieutenant Le Galland sentit que, cette fois-ci, on pouvait tenir une piste et qu'il fallait approfondir... mais à qui s'adresser ? La fille d'une de ses amies avait été au lycée Pasteur dans la même classe que la petite Belin ; cette Dorothée, aujourd'hui étudiante, aurait peut-être des choses à dire...

Il devait y avoir eu un contentieux entre les deux jeunes filles car Dorothée fut intarissable. Elle précisa déjà que Carole Belin était détestée par toutes les élèves, à cause de ses grands airs. Elle était sûre d'elle, de sa beauté - enfin pas si belle que ça, mais de l'allure, il faut en convenir - et mauvaise camarade. Avec cela mal élevée, insolente, se croyant tout permis, pensant que tout lui était dû, voulant être la première à posséder un gadget inédit jusqu'alors, la première à être vêtue à la dernière mode, la première à avoir le dernier modèle de voiture. Malgré un air fragile, Carole, très impulsive, casse-cou même, adorait les sports violents et elle avait eu on ne sait combien de contraventions pour excès de vitesse.

A 16 ans, alors qu'elle était en classe de troisième - pas très bonne élève, c'est le moins qu'on puisse dire - elle avait

eu une « histoire » avec le séduisant chauffeur de la Mercedes paternelle. On avait essayé d'étouffer l'affaire, mais tous ceux qui côtoyaient les Belin étaient au courant et, de plus, trop contents de raconter ce qu'ils savaient :
- Figurez-vous, mais n'en parlez à personne, la petite Belin…

Et le dépositaire du « secret », pour se donner de l'importance, se dépêchait de transmettre le message :
- Si vous saviez, mais surtout ne le répétez pas, la petite Belin…

L'histoire se termina rapidement, Carole étant entrée d'urgence dans la clinique du docteur Berthaud pour une opération de l'« appendicite » et le chauffeur expédié au loin muni d'une gratification substantielle.

Ce n'était que le début de toute une série d'aventures pour celle que l'on commençait déjà à appeler d'un ton méprisant *« la fille Belin »*. Dans ce milieu où l'on avait souvent l'occasion de se rencontrer lors de dîners ou de soirées, les mères des jeunes gens redoutaient de voir leurs fils tomber amoureux de cette *« petite traînée »*, même si on savait que cette *« petite traînée »* avait de *« belles espérances »*. On se doutait bien aussi que son père, trop content de la voir casée - mais pour combien de temps ? - ne laisserait le jeune ménage manquer de rien et le gâterait autant que possible.

Les mères pouvaient être tranquilles, Carole n'aimait pas les minets, Carole n'appréciait pas les garçons de son âge. Elle affichait une préférence certaine pour des hommes plus âgés qu'elle et à forte personnalité, comme l'était son dernier amant connu, un fringant officier dont la nomination imprévue à l'autre bout de la France avait bien soulagé monsieur Belin ; on avait même pensé que le directeur des Grandes Galeries de l'Ameublement était à l'origine de cette mutation, car il avait le bras long. En affaires, il était intraitable, souvent dur et ne revenant jamais sur une décision mais, devant sa fille, il devenait d'une faiblesse coupable et Carole en profitait allègrement. C'est sans doute à cause de cela, pensait-on, qu'elle recherchait chaque fois un amant qui pourrait la dominer.

Mais alors Saulnier ? Dubourg et Lucie discutaient. Saulnier correspondait bien au portrait de l'amant type de la petite Belin. Mais Josette Laplanche dans tout cela ?
Michel, à son bureau, devant une grande feuille blanche, le crayon à la main, ne notait rien, il se contentait de faire de petits dessins, des cercles, des étoiles, comme chaque fois qu'il était préoccupé.
- Et Josette Laplanche ? répéta Lucie. Qu'est-ce qu'elle vient faire dans tout cela ? Elle a bien écrit qu'elle était responsable ! Si on pense que la petite Belin est compromise, il est impossible d'imaginer une collusion entre Josette et Carole, elles sont tellement différentes et elles ne se connaissent peut-être même pas !
- Bien sûr, elles évoluent dans des milieux tellement différents. Mademoiselle Laplanche a sans doute entendu parler de la petite Belin. Du reste, à Besançon, qui n'en a pas entendu parler ! Mais si elles s'étaient rencontrées, Carole aurait certainement snobé la pauvre Laplanche. Oh, là, là, qu'il me tarde de pouvoir l'interroger, celle-là ! Personne n'a encore le droit de la voir et il y a même un policier devant sa porte, on ne sait jamais…

Il restait à se renseigner sur la femme du banquier, cette madame Clavel à qui Camille S. avait également offert une bombe Argor : du genre « grand cheval », massive, aux traits épais, toujours attifée plutôt que vêtue, avec la voix tonitruante et des réflexions acerbes, elle devait avoir une soixantaine d'années, et même bien sonnée. Ses cheveux rebelles et peu épais réclamaient les soins vigilants de Camille, mais le résultat n'était pas à la hauteur des efforts poursuivis et la pauvre femme n'était pas très décorative. Tout cela rendait bien peu vraisemblable l'idée d'une liaison avec les glorieux 37 ans de Robert Saulnier.

Michel Dubourg, en attendant de pouvoir rencontrer Josette, chargea la précieuse, l'incomparable Lucie Le Galland de continuer à fouiner, à recueillir le plus de renseignements possible ; l'illumination vient parfois d'un détail qui, à première vue, peut sembler inutile.

Le lendemain matin, Lucie partait en chasse… Casimir, sans travail précis ce jour-là et ne négligeant aucune occasion de faire la cour à sa collègue, l'aurait volontiers accompagnée, mais Dubourg fut inflexible.
- Pas question, Lucie ira seule, dit-il d'un ton sec. Toi, du reste, tu as des dossiers à classer !

Le lieutenant Le Galland revint triomphante à Goudimel, tout heureuse de pouvoir justifier la confiance que Dubourg lui avait témoignée. Elle n'arrivait plus à parler tant elle avait rapidement monté l'escalier qui menait aux bureaux. Après avoir repris son souffle, après s'être assise, elle raconta, fébrilement, que le club de Saulnier avait organisé, le samedi précédant la mort de Marie-Hélène, une soirée costumée pour fêter la Mi-Carême. Et Lucie ajouta perfidement que tous les prétextes étaient bons pour s'amuser. Qui donc faisait encore le Carême et avait besoin d'un répit dans cette épreuve ? Le propriétaire du restaurant où la soirée s'était déroulée faisait partie du club. Lui et sa femme avaient été très coopératifs.

- Et ils étaient tous là, ceux qui vous intéressent ! Les Berthaud, les Belin, les Clavel et les Saulnier ! On m'a tout raconté ! Je peux même vous dire comment ils étaient déguisés ! Le docteur Berthaud avait pris l'habit d'un troubadour et sa femme celui d'une Chinoise. Clavel, c'était un superbe bagnard en pyjama rayé, il traînait la jambe, boulet au pied, et chacun s'amusait à taper dans ce ballon improvisé. Sa compagne était déguisée en nonne et il paraît qu'elle avait une drôle d'allure. Et Saulnier, c'était un fringant mousquetaire, il frisait sa moustache, faisait des ronds de jambe et n'arrêtait pas de saluer avec son chapeau orné d'une énorme plume d'autruche. Marie-Hélène, et cela a été sa dernière sortie, la pauvre, portait une authentique robe 1925 qui lui venait de sa grand-mère et monsieur Belin une robe également, mais d'avocat ! Quant à sa fille…

Et là, Lucie s'interrompit, ménageant le suspense.

- Et alors ?
- Eh bien, sa fille, elle a fait sensation en danseuse empanachée, style « carnaval à Rio ». Elle a éclipsé toutes les bonnes femmes, qui étaient vertes de rage et auraient bien aimé pouvoir critiquer son costume, mais il n'y avait rien à jeter !

Dans ce cas, seule, des trois clientes de Camille S. en possession d'Argor, Carole pouvait s'être vaporisé ce produit, ni la bonne sœur ni la Chinoise n'en auraient eu besoin ! Mais ça n'était pas fini ! Lucie exhiba fièrement des photos obtenues auprès du professionnel chargé de laisser à chacun un souvenir de la soirée : plusieurs clichés de tout le groupe, pris à quelques secondes d'intervalle - on voyait des expressions différentes sur les visages - et des vues de chacune des tables, sous des angles différents. Pour le repas, les places avaient été distribuées par le sort, à l'aide d'un jeu de cartes. La présence d'une personne auprès d'une autre était donc uniquement due au hasard. Une des photos du groupe, en revanche, fut très intéressante…

Dubourg et Le Galland repérèrent tout de suite la petite Belin : resplendissante, dans un éclatant costume de satin jaune, elle se tenait au premier rang et, avec sa large robe à volants, des plumes et des rubans de tous les côtés, elle prenait autant de place que deux personnes.

- Attention, cria presque Michel, regardez bien, elle penche un peu la tête pour observer quelqu'un qui est sur la même rangée, mais c'est le mousquetaire qu'elle semble regarder, c'est Saulnier !

Nul doute, elle essayait de voir où l'on avait placé Bob. Marie-Hélène, elle, se trouvait à côté de son mari, l'air absent. On savait qu'elle n'aimait pas ce genre de réunions. Elle avait pourtant fait l'effort de se déguiser et de venir, mais elle s'était contentée de porter une robe qu'elle possédait déjà et qu'elle avait déjà mise plusieurs fois, selon la femme du restaurateur. De toute évidence, madame Saulnier paraissait commencer à en avoir assez de cette soirée et son sourire était forcé.

Les photos des tables montraient les visages en gros plan et, sur celle où l'on voyait Carole Belin, on pouvait très distinctement remarquer sa coiffure. Les épais cheveux bruns étaient réunis en un gros chignon d'où s'échappaient - volontairement, c'était très étudié - des mèches folles. Le chignon était piqué de fleurs et sur le tout scintillaient des paillettes dorées.

- Argor ! s'écrièrent ensemble Michel et Lucie en montrant du doigt la jolie tête apprêtée. Argor !

- Enfin, quelque chose de positif !

La petite Belin semblait donc impliquée dans l'affaire. Elle avait contre elle, et c'était incontestable, le fait d'avoir utilisé la bombe Argor. On connaissait son attirance pour les hommes « style Saulnier » et, sur une des photos de groupe, son regard semblait révélateur.
- Il ne faut pas s'emballer, dit Michel, mais on va creuser de ce côté…
- C'est mauvais, mauvais pour elle, et puis, en plus, la fille de mon amie me l'a affirmé, et c'est de notoriété publique, la petite Belin, il faut qu'elle ait tout ce qu'elle désire, et elle y arrive !

Autant de points qui faisaient de Carole une suspecte plus que plausible, les pièces du puzzle commençaient à s'imbriquer les unes dans les autres. Mais Josette Laplanche dans tout cela ?

Il ne fallait pas oublier qu'elle avait écrit être responsable de la mort de son amie. Où était le lien entre elle, Carole, et Saulnier ? Que s'était-il passé ? Ni Josette ni Marie-Hélène ne s'étaient vues le mardi fatal. Josette avait travaillé toute la journée et n'était rentrée chez elle qu'à 18h30 - c'est sa voisine qui l'affirmait - après avoir acheté son pain à la boulangerie d'en face.

Quant à madame Saulnier, elle n'avait sans doute pas quitté son appartement de l'après-midi : rien n'était noté à cette date dans son agenda. De plus, son mari l'avait appelée au téléphone à plusieurs reprises au sujet de l'organisation d'un congrès, et il l'avait toujours trouvée au bout du fil.

9

Le grand jour arriva enfin, il fut alors possible de parler à mademoiselle Laplanche. Les lieutenants Dubourg et Le Galland étaient arrivés pleins d'espoir, enfin ils en sauraient plus… Mais…

- Une seule personne autorisée, et pas plus de cinq minutes, la malade est dans un état pitoyable, elle ne cesse de pleurer quand elle sort de son sommeil. Surtout, ne la brusquez pas.

Lucie décida de laisser Michel aller auprès de Josette et attendit fébrilement, dans la cour de l'hôpital. Elle s'était assise sur un banc et voyait passer des familles se rendant au chevet d'un parent, ou bien des convalescents, en robe de chambre sous leur manteau, venant prendre l'air. Il y eut aussi un groupe qui faisait une visite guidée de l'apothicairerie, cette fameuse pharmacie que Lucie avait déjà vue et beaucoup admirée : sa porte d'entrée est surmontée par un Dieu aux bras tendus et elle est d'une remarquable richesse avec ses boiseries marbrées, sa précieuse collection de pots de faïence et de porcelaine et ses meubles d'époque, dont deux sièges, le fauteuil de l'apothicaire et la fameuse chaise caquetoire destinée aux médecins, clients ou amis. Il y a, comme toujours bien en évidence, les trois grands pots traditionnels, avec la thériaque, une véritable panacée, dans le vase principal…

Arrivé au chevet d'une Josette livide aux yeux rougis, le lieutenant Dubourg se présenta et tenta de se faire expliquer ce qui s'était passé.

Josette répondit, en hoquetant, d'une voix faible et presque imperceptible, que la disparition de Marie-Hélène l'avait terriblement éprouvée et qu'elle s'était sentie indigne de vivre car elle se sentait responsable.
- Mais responsable de quoi ?

Josette avait donc téléphoné à son amie ce soir-là. Le lendemain, on apprenait la mort de madame Saulnier et les causes de l'accident.
- Si je ne lui avais pas parlé, elle se serait rendu compte, elle aurait eu le temps de réagir, d'aller fermer le gaz, c'est ma faute, sans moi rien ne se serait passé !

Le sentiment de culpabilité s'était de plus en plus développé, elle avait craqué en apprenant qu'un policier devait passer la voir et elle avait alors voulu se supprimer…

Dubourg put rassurer Josette. Sans pour autant lui donner de détails, il l'assura que son appel téléphonique n'était pour rien dans la mort de Marie-Hélène. Ce furent à nouveau des sanglots, mais de soulagement.

Lucie, n'en pouvant plus d'attendre, était venue devant la porte de la chambre de Josette et attendait fébrilement. Dès qu'elle vit Michel :
- Alors ?
- Alors, rien !

Cinq petites minutes avaient suffi pour éliminer une piste. Tant d'hypothèses échafaudées à partir du petit mot laissé par Josette… Que de temps perdu… Mais la situation en devenait malgré tout plus claire et, désormais, il faudrait s'occuper principalement de la petite Belin.

De retour à Goudimel, avant de demander à voir le commissaire Legros, il fallait résumer la situation. Aussi Michel et Lucie firent-ils le point :
- Reprenons : la jeune femme a une liaison avec Saulnier. Marie-Hélène est de trop. Carole la supprime. Mais, dans l'affaire, elle ne peut être que complice de Saulnier, car il faut qu'elle soit au courant de bien des choses, qu'elle connaisse le code d'entrée de l'immeuble - mais ça, elle pouvait le connaître avant - qu'elle soit au courant des habitudes de Marie-Hélène, qu'elle ait prévu un « carré » pour accéder au local des compteurs. La petite Belin n'aurait pas pu monter toute seule une telle machination, elle a sûrement été conseillée !
- Alors, on reprend : Robert et Carole sont amants, et dans la plus grande discrétion. Personne ne s'en est jamais douté. Saulnier veut se débarrasser de sa femme. Si elle meurt, il devient libre, hérite d'une grande fortune, bénéficie d'une généreuse assurance-vie et peut vivre au grand jour avec Carole. C'est tentant !
- Alors il met au point un scénario mais, pour avoir un alibi en béton, confirmé par une trentaine de personnes, il lui faut un complice et ce sera une complice, la petite Belin bien sûr, à qui il fera la leçon et qui lui obéira aveuglément. Ce ne sont pas les scrupules qui étouffent cette espèce d'enfant gâtée. On commence un peu à la connaître à travers les témoignages, elle a dû prendre ça comme un jeu très excitant ! Mais le grain de sable, dans cette affaire, ce sont les petites paillettes d'Argor laissées sur le mur du local des compteurs…

Une commission rogatoire générale avait été délivrée et comme, dans ce cas, il est autorisé de procéder à tout acte utile à la manifestation de la vérité, Robert Saulnier fut interpellé et interrogé sur l'état de ses finances. On n'avait eu alors, sur ce sujet, que de vagues renseignements, mais ils concordaient tous : la situation de Saulnier n'était plus très brillante. Celui-ci en convint, la conjoncture était mauvaise, il avait fait de gros investissements, mais ça n'avait pas été irréfléchi, c'était judicieux et serait très rentable à long terme. De toute façon, sa comptabilité était claire, on pouvait s'en assurer, il mettait tous ses dossiers à la disposition de la police.

Au début de cet entretien, sincère ou excellent comédien, Saulnier parut toujours très ébranlé par son deuil, tout en restant très digne, mais il semblait peu inquiété par sa situation financière qui se rétablirait sûrement :
- Que sont donc des soucis d'argent temporaires à côté de la disparition de ma femme ?

Lorsque le commissaire Legros essaya d'aborder un autre domaine, ce fut différent. Sa vie privée était irréprochable ! Quelle honte d'oser faire une allusion à une quelconque liaison ! Lui qui ne vivait que pour sa femme, lui qui la pleurait, qui était inconsolable ! Elle était tout pour lui ! Sa femme, sa sœur, sa mère ! Là, il sembla au commissaire Legros que Saulnier en faisait vraiment un peu trop mais, la déposition enregistrée, il le laissa partir, en lui demandant expressément de ne pas quitter la ville.

Restait la petite Belin. Comment allait-elle expliquer la présence de paillettes d'or sur le mur du local des compteurs de l'étage des Saulnier ? Si elle disait n'en rien savoir, on ne pourrait rien faire…

Elle fut convoquée, mais ne se présenta même pas. Alors, c'est la police qui vint !

Les Belin vivaient loin du centre de la ville, avenue de Fontaine-Ecu, dans une grande demeure située au milieu d'un parc. C'était une ancienne « grange ». Il ne s'agissait pas, bien sûr, d'un bâtiment qui avait été destiné à serrer les gerbes de blé ou le fourrage. A Besançon, on appelait « granges » les maisons, en général situées sur les hauteurs de la ville, où, jadis, comme ils voyageaient peu, les riches habitants de la Boucle venaient s'installer l'été, afin de profiter de la verdure et d'une fraîcheur relative. Ces granges disparaissent malheureusement petit à petit, souvent démolies. Le terrain qui les entoure, morcelé, est vendu à prix d'or. On voit alors s'élever des lotissements ou de grands immeubles…

Maisons de vacances et la plupart du temps propriétés de famille, ces granges étaient meublées avec simplicité. Confortables, certes, mais avec des sièges de rotin, des tables légères et de nombreux lits de fortune. Aux fenêtres, des rideaux fleuris de cretonne facile à entretenir. Dans l'entrée, toujours un portemanteau en bambou, avec ses patères garnies de chapeaux de paille souvent ébouriffés. Tout près, une rangée de bottes en caoutchouc de toutes tailles n'en finissait plus d'attendre le passage du Père Noël et on voyait parfois, aussi, une paire de vieux sabots écornés.

C'était donc dans les granges que les familles se réunissaient durant les mois d'été. Les bibliothèques recelaient là des trésors que les petits lisaient avec ravissement. Devenus parents, ils les faisaient découvrir à leurs enfants et, plus tard, à leurs petits-enfants… Livres de la Bibliothèque Rose, livres de la Bibliothèque Verte, bien fatigués d'être passés entre les mains de plusieurs générations… Livres de prix de la collection Hetzel, rouges et dorés… C'étaient les *Voyages extraordinaires* de Jules Verne, et l'on découvrait que l'arrière-grand-père avait eu un premier accessit de thème latin et que le vieux cousin Gustave, qui ne semblait pas très futé, avait, dans sa jeunesse, toujours été le meilleur de sa classe…

Les années passant, le parc n'était plus entretenu - « *Nous n'avons pas les moyens de payer un jardinier* » - les buis, jadis bien peignés en allées, devenaient des arbres, la végétation envahissait tout. Les grands déploraient cet aspect abandonné mais le côté forêt vierge enchantait les petits. C'étaient des parties de cache-cache sans fin dans des buissons un peu inquiétants.

On pouvait pénétrer dans la cuisine directement par le jardin. Il n'y avait pas de clochette pour signaler que l'on entrait, mais un carillon qui produisait une sorte de souffle perlé et les enfants s'amusaient à ouvrir et fermer la porte pour entendre les tiges de verre tintinnabuler tandis que les mamans, occupées à préparer le repas, ne cessaient de dire : « *Arrêtez, vous nous cassez les oreilles, et en plus vous faites des courants d'air !* »

Après s'être annoncés par téléphone, Michel Dubourg et Lucie Le Galland arrivèrent le matin avenue de Fontaine-Ecu. Entre des arbres centenaires, une grande allée menait à la maison des Belin et, à gauche, un endroit déboisé servait de parking.

Durant le trajet en voiture, les deux lieutenants s'étaient réparti les rôles et avaient pensé à la façon dont ils mèneraient, si possible, l'entrevue.

On les fit entrer dans une vaste salle de séjour. L'ameublement est souvent vieillot et suranné dans les granges mais là, c'était tout différent. On se rendait compte que des cloisons avaient été abattues afin d'obtenir une immense pièce. L'ensemble était réussi, mais très froid, du noir et du blanc, même un camaïeu de blancs... Une moquette blanc cassé, deux grands canapés de cuir coquille d'œuf, des poufs et des fauteuils assortis, si bien que Michel souffla à Lucie : « *On est dans un paquet de lessive !* » Côté salle à manger, il y avait une table de marbre blanc veiné et des chaises de métal chromé à l'assise de cuir noir. Aux murs, c'étaient des tableaux abstraits, à dominante de gris. Heureusement, sur une petite table de verre, un énorme bouquet de tulipes rouges apportait une note chaude. Un décorateur était sans doute passé par là et on lui avait dit de ne pas lésiner sur les prix. Le résultat était impersonnel, sans âme, on se serait cru dans une salle d'exposition des Grandes Galeries de l'Ameublement...

Attentif et paraissant inquiet, monsieur Belin, en survêtement élégant, fit asseoir Lucie et Michel et appela sa fille.

Carole arriva, toute dolente, les traits tirés, le teint blême, avec de grands cernes sous les yeux. Elle était très émue et tremblait, malgré sa robe de chambre douillette et l'agréable température de la pièce.
- Une méchante crise de foie, dit son père.

Michel précisa que, à la suite du décès de madame Saulnier, on se renseignait à son sujet auprès des relations du couple.

Lucie sortit de son porte-documents la photo de la fameuse soirée costumée et demanda à Carole de parler de son costume. Très petite fille timide, celle-ci répondit doucement :
- Je l'ai rapporté de Rio, où j'ai passé des vacances avec mon père. N'est-ce pas, papa ?
- Oui, c'était au printemps dernier.
- Et votre coiffure ?

- Là, c'est une création de Camille. Il sait toujours ce que je veux et ce qui me va. Du reste, je lui avais apporté des photos du carnaval de Rio et il s'en est inspiré. Camille, il est merveilleux, il a un coup de peigne magique…

En évoquant son prestigieux capilliculteur, Carole regardait fixement la coiffure de Lucie et semblait penser qu'un passage du lieutenant chez Camille aurait été bien utile. Sous ce regard critique, Lucie, qui n'avait pas oublié l'expression méprisante de la patronne de Tiff'Annie, se dit que, tout de même, elle devrait faire un petit effort pour sa coiffure et posa une autre question :
- Camille vous a bien vaporisé de l'Argor ?
- Mais non, pas du tout !
- Pas du tout ? Pas du tout ? Mais, sur la photo, on remarque des paillettes brillantes, on a fait faire un agrandissement, c'est tout à fait net !
- Ah oui, bien sûr, mais c'est moi qui, en dernière minute, juste avant de partir, me suis mis de la laque dorée.
- Ah bon !

C'est alors que Michel intervint :
- Peut-on vous demander où vous étiez dans la soirée du mardi où madame Saulnier est décédée ?
- C'est simple, comme tous les mardis, je suis allée à mon cours de yoga, au club de gym de la rue Bersot.

Là, ce fut le père qui précisa :
- Elle était même rentrée lorsque je suis revenu de la réunion de mon club.

Sur ce, les deux lieutenants prirent congé…

10

La matinée était déjà bien entamée. Michel et Lucie avaient tout juste le temps de rentrer à Goudimel, de mettre au net les notes qu'ils avaient prises et d'aller au rapport.

Toujours bougon, le commissaire Legros les accueillit avec un :
- Alors, quoi de nouveau ?

Il les fit tout de même asseoir et, tout en feuilletant le dossier que lui avait remis Dubourg, leur jetant de temps en temps un regard rapide, il grommelait tandis que Lucie lui racontait comment s'était passée l'entrevue chez les Belin et, à la fin du récit, il prit la parole :
- Une conclusion s'impose, vous vous en rendez bien compte : vérifier l'emploi du temps de mademoiselle Belin. Lieutenant Le Galland, vous vous en chargez !

On entendait 12 coups sonner au clocher de la Madeleine. Chacun partit de son côté et Lucie, qui rentrait rarement chez elle à midi, décida d'aller chez son amie Laurie, un peintre de talent dont l'atelier, haut perché bien sûr, et tout près de la rue Goudimel, donnait sur la place de la Révolution, cette place que tout le monde continue à appeler encore place du Marché.

Lucie grimpait souvent à l'improviste, en fin de matinée, chez Laurie. Toutes deux alors faisaient là « la dînette », ou bien elles allaient déjeuner dans un restaurant tout proche.

On avait vraiment le choix dans ce quartier, la rue des Boucheries, la rue Courbet et la partie piétonnière de la Grande-Rue offrant bien des possibilités. Dans ce cas, comme le repas était vite expédié, elles remontaient ensuite prendre le café chez Laurie, et Lucie avait plaisir à voir les dernières toiles de son amie qui, loin de persister à peindre dans le style qui lui avait valu bien des succès et des récompenses, ne craignait pas de faire des recherches, de changer de genre. Après une période correspondant sans doute à des moments de grande solitude, où l'on ne voyait aucun personnage dans ses tableaux, ces derniers se peuplèrent peu à peu et les couleurs, jadis pâles et froides, devinrent plus vives. Il y eut aussi des études de mouvements, le galop d'un cheval, le dribble d'un footballeur, les gestes des golfeurs ou l'attitude d'une danseuse.

Lucie, ne voulant pas arriver chez son amie les mains vides, acheta des tranches de jambon et une grande barquette de crudités chez un charcutier de la rue des Boucheries. Elle alla ensuite Grande-Rue, dans la pâtisserie Baud, où elle choisit deux tartelettes aux fraises et deux religieuses.

Avant de quitter le commissariat, Lucie avait téléphoné à Laurie pour la prévenir, si bien qu'en arrivant essoufflée après avoir grimpé rapidement les six étages - on peut compter sur les doigts d'une main les ascenseurs de la Boucle - elle trouva la table mise sur un petit guéridon et son amie qui l'attendait avec le sourire. Les odeurs de térébenthine - attention peinture fraîche - étant plutôt désagréables au cours d'un repas, elles ouvrirent tout grand la porte-fenêtre qui donnait sur le balcon. De là, on pouvait voir le musée, halle aux grains à l'origine, puis lieu de rencontres et d'expositions, enfin uniquement musée des Beaux-Arts et d'Archéologie. Il avait été restructuré en

1970 afin que sa surface augmente, car il devait pouvoir accueillir la prestigieuse collection George et Adèle Besson.

Les deux amies étaient suffisamment proches pour que Lucie se permette de partir aussitôt après la fin du repas. Elle devait donc aller se renseigner sur l'emploi du temps de Carole Belin qui avait affirmé avoir assisté, le mardi fatal, à un cours de yoga dans le club de gym de la rue Bersot. Laurie, de son côté, ne tenait pas non plus à s'attarder, la nature morte qu'elle était en train de peindre ne pouvait attendre, les fruits de la corbeille commençaient à perdre leur fraîcheur.

Lucie emprunta la rue des Granges pour aller rue Bersot. Autrefois rue Saint-Paul, celle-ci était jadis fort mal famée, la proximité des casernes y étant pour beaucoup… Lassés par certaines réflexions, les habitants de cette rue demandèrent que l'on changeât son nom, mais il leur fut répondu : *« L'argument tiré de la mauvaise réputation de la rue Saint-Paul n'est pas sérieux, car si les mêmes causes doivent subsister, la rue ne sera pas mieux famée sous un autre nom. »*
Finalement, la rue fut malgré tout débaptisée, on lui donna le nom d'un bienfaiteur, François-Louis Bersot, qui en 1888 avait légué son immense fortune, plus d'un million de francs-or, à la ville de Besançon. Cette somme représentait sensiblement le budget annuel de la cité. Monsieur Bersot était un protestant pur et dur, très sectaire, et les riverains dirent alors qu'il avait dû se retourner dans sa tombe. Donner son nom à une rue aussi chaude !

Au XIXe siècle, les bienfaiteurs étaient nombreux, voulant par leurs legs aider les malheureux, à une époque où la misère était grande, où la tuberculose sévissait, où l'école était payante et où, bien sûr, n'existaient encore ni la

Sécurité sociale ni les allocations familiales. Il est curieux de constater que, dans une cité comme Besançon, où l'Eglise catholique a tenu une si grande place, les bienfaiteurs les plus importants ont été un protestant, Bersot, et un juif, Veil-Picard.

Dans la rue Bersot, on a plaisir à s'attarder devant les vitrines car elle est piétonnière. On peut y flâner sans avoir à descendre d'un trottoir barré par une voiture ou par des panneaux publicitaires. On regarde même les inscriptions gravées au-dessus des portes. L'une d'elles en particulier, au n° 34, date de 1764 : *« Dieu nous amène le bon temps afin que chacun soit content »*. Les habitants de cette maison demandaient au Seigneur un temps d'autant plus favorable aux récoltes que, quelques années plus tôt, les pluies avaient été catastrophiques.

Le lieutenant Le Galland trouva rapidement le club de gym, situé dans une cour intérieure. A l'accueil se trouvait une minette dont le short très mini et le tee-shirt très moulant, d'un vert fluo éclatant, faisaient ressortir un bronzage parfait. Elle crut avoir affaire à une cliente potentielle et vint au-devant de Lucie avec un sourire commercial :
- Bonjour madame, vous désirez sans doute avoir des détails sur nos prestations ?
- Non, pas du tout, je suis lieutenant de police !

Là, le sourire se figea, tandis que Lucie montrait sa carte barrée des trois couleurs du drapeau français.
- Je suis le lieutenant de police Lucie Le Galland. Il y a une enquête à la suite d'un accident et je voudrais avoir des précisions sur l'emploi du temps d'une de vos clientes, mademoiselle Carole Belin, un mardi. Elle a son cours de yoga ce soir-là, je crois ?

- Je ne peux rien vous dire. Ici, on ne pointe pas… Mais, attendez, le professeur est là, suivez-moi, nous allons le lui demander.

La sémillante hôtesse précéda Lucie dans un long couloir et la fit entrer dans une grande salle. Devant un des murs, recouvert de miroirs jusqu'à environ 3 mètres de hauteur, une barre pour les exercices. Plus loin, un portique et des agrès, anneaux, cordes et trapèze, sans oublier un cheval-d'arçons et, dans un coin de la pièce, toute une pile de matelas de mousse bleu nuit. A un petit bureau et classant des papiers, se trouvait le type même du moniteur chéri des dames, un grand brun athlétique et tout bronzé, yeux de velours, bouche pleine de dents et sourire enjôleur.

Lucie se présenta et formula sa demande.
- Vous voulez savoir si Carole est venue à son cours de yoga le deuxième mardi de ce mois ? Oui, elle est venue, mais tellement tard… Je me suis même fâché. C'est vraiment pas la peine de venir si c'est pour arriver dans les dernières minutes…
- Elle n'était donc pas là en début de soirée ?
- Pas précisément. Le cours commence à 20h30 et se termine normalement à 22 heures, mais après il y a le passage à la douche, le fait de se rhabiller, les papotages au bar autour d'un café ou d'un jus de fruits… Pas d'alcool ici ! Mais quand je dis « bar », c'est un bien grand mot : une petite salle avec deux tables et quelques chaises et un distributeur de boissons, mais tout le monde est heureux de se retrouver là. Finalement, on ferme vers 23 heures. Le mardi qui vous intéresse, Carole est arrivée presque à la fin du cours. Alors, elle s'est même pas changée, elle a attendu que ça se termine et après elle est allée rejoindre ses amies au bar. Elle a dû se pointer un peu avant 22 heures. C'est pas sérieux, ça me plaît pas du tout, surtout qu'elle est douée,

mais elle paie son abonnement, alors il faut être accommodant et laisser faire si on veut garder ses clients… En ce moment, elle est vraiment fantaisiste, j'espère que ça va changer…

Lucie savait maintenant à quoi s'en tenir. Elle remercia et partit en se disant que Carole Belin semblait vraiment compromise. Pourquoi avait-elle affirmé avoir passé toute la soirée au club ? Qu'avait-elle donc fait avant ? Elle aurait bien eu le temps de tendre un piège fatal à la pauvre madame Saulnier.

C'est ainsi que, de retour à l'hôtel de police, Le Galland présenta les choses au commissaire Legros. Pour une fois, celui-ci sembla plus attentif et presque amène. C'était plutôt agréable pour Lucie. Elle pensa aussitôt qu'il avait moins de problèmes de santé et apprécia de ne pas avoir en face d'elle, comme c'était si souvent le cas, une « face de Carême ». Il est vrai que, lorsqu'une personne est généralement peu aimable, à peine est-elle moins désagréable, on le remarque aussitôt, on s'en réjouit même, et cela bien plus qu'on ne le fait quand quelqu'un d'autre est souriant et disponible de façon permanente.

Legros était donc de bonne humeur. Voilà qui le changeait du train-train quotidien ! Il paraissait vraiment fort intéressé par les renseignements que Lucie avait glanés et la chargea de voir à nouveau Carole Belin, en espérant que, cette fois-ci, elle serait plus loquace et ne tricherait pas avec la vérité.

Le lendemain après-midi, celle-ci arriva au commissariat central. Toujours un peu pâlichonne, mais très élégante. Tout le monde savait qu'elle ne s'habillait pas à Besançon mais à Dijon ou à Paris. Elle portait un tailleur-pantalon de lainage d'une rare couleur rouille, avec sac et chaussures de cuir marron foncé. Papa ne l'avait pas accompagnée…

Lucie la fit asseoir et ne perdit pas de temps en préliminaires.

- Vous nous avez dit que, le jour du décès de madame Saulnier, vous êtes allée, comme tous les mardis, au club de gym. D'accord, c'est exact, mais vous n'avez pas précisé que vous êtes arrivée pratiquement à la fin du cours, donc vers 22 heures. Alors pouvez-vous me dire où vous étiez avant ?
- J'étais chez moi. Je ne me sentais pas bien. Je n'étais pas en forme. Je me suis reposée et puis, comme je m'ennuyais, je suis allée retrouver mes amies…
- Est-ce que quelqu'un vous a vue entre 20 heures et votre arrivée rue Bersot ?
- Personne ! Mon père était à son club et la bonne était partie, elle finit à 19 heures.

Le lieutenant Le Galland avait pris des notes… On n'était pas plus avancé. Pas d'alibi, aucun témoin. Que des présomptions, rien de concret, rien de palpable… Que faire ? Lucie s'en remit au commissaire Legros qui décida de faire suivre Carole Belin.

11

Pendant ce temps-là, à Saint-Jacques, Josette Laplanche se remettait doucement. *L'Est Républicain* lui avait consacré un grand article au moment où elle était entre la vie et la mort. Le quotidien avait ensuite annoncé qu'elle était sortie du coma et, enfin, qu'elle se trouvait toujours hospitalisée. De quatre colonnes en page Besançon, on en était passé à un petit entrefilet, mais Josette était encore la vedette d'un triste fait divers. Lorsque les visites furent autorisées, monsieur Saulnier avait tenu à être le premier à aller la voir, très ému par son geste de désespoir. Il lui apporta une énorme boîte de chocolats et resta longtemps à son chevet, lui tenant la main tandis qu'ils parlaient de Marie-Hélène, de sa bonté, de sa disponibilité…

Les jours suivants, ce fut presque un défilé : on venait plus par curiosité que par amitié pure et Josette se découvrait des « amis » qui ne s'étaient pas manifestés depuis des années. Mais qu'importait ? Elle y trouvait son compte. Pour une fois, des personnes qui, d'ordinaire, faisaient vraiment peu cas d'elle se déplaçaient pour la voir, elle recevait des cadeaux, c'était fort gratifiant. Evidemment, une fois qu'on s'était enquis de sa santé, on la faisait parler, avec ménagement tout de même, de *« la pauvre madame Saulnier »* et là, c'étaient des larmes…

Après avoir vu Josette, bien sûr, on le faisait savoir à son entourage. Ceux qui avaient été dans la confidence s'empressaient de transmettre les nouvelles et les commentaires fusaient.

- Oui, la malheureuse, elle reprend le dessus. Quelle histoire ! Jamais on n'aurait pensé qu'elle allait faire ça ! Son amie devait tellement compter pour elle !
- La pauvre, elle qui est si pâle d'habitude, maintenant elle a un teint verdâtre et puis ses taches de rousseur là-dessus, on ne peut pas dire qu'elle soit belle…
- C'est beau ce geste, c'est presque de la tragédie antique !
- Elle est contente, elle s'est rendue intéressante…
- Pauvre fille, maintenant qui va remplacer Marie-Hélène auprès d'elle ?

Madame Hubert, sa voisine, n'avait pas été la moins empressée. Elle s'était organisée avec une amie, madame Masson, qui l'avait emmenée à Saint-Jacques dans son fauteuil roulant. Ce fut, pour la commère, un bel après-midi : promenade, visite et, de retour chez elle, compte rendu devant un public pendu à ses lèvres.

Les dames Masson et Hubert, l'une poussant l'autre, avaient donc quitté la place Flore vers 15 heures. Elles n'étaient pas passées inaperçues, d'autant plus qu'avec chacune un fichu sur la tête, et quel fichu, on les aurait prises pour les Vamps. Elles descendirent l'avenue Denfert-Rochereau pour emprunter le pont du même nom et là, elles s'arrêtèrent un moment pour attendre que le Minotaure se mette à cracher de l'eau. Madame Hubert n'avait pas encore eu l'occasion de voir cette statue, mais elle en avait beaucoup entendu parler. Ce fut ensuite la place du Marché, la rue Luc Breton, puis la rue Pasteur, celle de l'Orme de Chamars, enfin l'hôpital Saint-Jacques où elles eurent la chance de trouver Josette seule. Ce furent alors des effusions, des « *Ma pauvre petite !* », des « *Merci mon Dieu !* » et des « *Si on avait su !* », jusqu'au moment où une infirmière déclara qu'il fallait partir, que la malade avait vraiment besoin de calme.

Les voisins de madame Hubert avaient tous su qu'elle allait voir Josette, aussi attendait-on son retour avec impatience. Madame Masson eut à peine le temps de faire entrer le fauteuil roulant dans la salle de séjour qu'on sonnait déjà à la porte. Le boulanger avait même écourté sa sieste pour venir.
- Alors ? Racontez !
- Comment est-elle ?
- Elle revient bientôt ?

***

Le lendemain même de l'enterrement de Marie-Hélène, Robert Saulnier avait repris son travail, trouvant que c'était le meilleur des dérivatifs, mais on le sentait lointain, ébranlé, souvent distrait. Ses collaborateurs évitaient de lui parler de son deuil.

A son retour au bureau, il les avait réunis, les remerciant pour la couronne qu'ils avaient fait envoyer, pour leur présence aux obsèques et ajoutant que, pour lui, désormais, c'était seulement l'entreprise qui comptait, qu'il ferait tout pour qu'elle continue à marcher, à se développer et cela d'autant plus que c'était l'entreprise de sa femme. Il ajouta qu'il comptait sur tous et qu'il avait confiance en chacun.

Son émotion gagna quelques cœurs sensibles, on entendit des sanglots et des reniflements discrets, et l'on se remit au travail.

La secrétaire du beau Bob, plus quelques employées avec lesquelles il travaillait régulièrement, étaient tout émoustillées. Le « patron », qu'elles voyaient chaque jour, pourrait avoir envie de se faire consoler, tous les espoirs étaient permis... Si bien que, les jours suivants, on vit rapidement

ces dames faire assaut d'élégance. De plus, que de prévenances !
- Monsieur Saulnier, voulez-vous un café ?
- Ou une boisson fraîche ?

Mais Monsieur Saulnier restait insensible à tant d'attentions. Alors les dames en vinrent à conclure qu'il était encore bien trop tôt pour le séduire, ou qu'il avait trouvé ailleurs une consolatrice.

***

A Goudimel, on continuait à essayer d'exploiter la piste Saulnier/Belin, en surveillant en particulier Carole, avec son emploi du temps incertain. Un officier de police, qu'elle n'avait pas encore vu, fut chargé de la suivre, un homme au physique passe-partout. Ni grand ni petit, ni gros ni maigre, le lieutenant Jean-Christophe Gastambide, surnommé Gaston par ses collègues, vêtu d'un blouson de cuir, d'un jean et de baskets, ne se faisait pas remarquer. Une casquette masquait en partie ses yeux, vifs, brillants et fureteurs, et dissimulait des cheveux châtains aux épis rebelles.

Gastambide était ravi. Pour une fois, on lui donnait à suivre une jolie fille. Quel plaisir, ne pas la quitter de la journée, mettre ses pas dans les siens, observer le mouvement de ses hanches, rêver... mais il déchanta rapidement. Arrivé à 8 heures rue de Fontaine-Ecu, il avait garé sa voiture près de la grange et, prêt à démarrer, il attendait que Carole parte dans sa petite Austin. Mais la petite Belin avait l'habitude de prendre son temps... Réveil vers 8h30, petit déjeuner vraiment complet, longue toilette, maquillage et enfin : « *Qu'est-ce que je vais bien pouvoir mettre aujourd'hui ? L'ensemble rouge ? Le tailleur bleu ? Oh non, plutôt la jupe noire et le cachemire rose...* », tout cela interrompu par des coups de fil donnés ou reçus. Finalement, elle ne sortit qu'à 10h30, au grand dam du lieutenant Gastambide qui avait eu le temps de finir tous les mots croisés de son journal et entendu maintes et maintes fois les communiqués en boucle de France Info.

Carole laissa sa voiture au parking Cusenier et Jean-Christophe en fit bien sûr autant. Elle se dirigea alors vers la place du Marché et là, entra chez un coiffeur, le fameux Camille S., toujours suivie par le lieutenant s'amusant du fait qu'il était pratiquement revenu à la case départ puisque l'on se trouvait tout près de Goudimel. Ces bonnes dispositions ne durèrent pas, car son attente lui sembla interminable. Il avait heureusement pu s'installer à la table d'un café et, à l'abri d'un petit vent insidieux, à travers une vitre d'une propreté douteuse sur laquelle subsistaient les restes du papier collant qui avait fixé des affiches, il pouvait surveiller la porte du salon de coiffure. Il eut le temps de boire deux express et de lire une brochure sur la place du Marché, cette place que la ville souhaitait transformer car le marché couvert qui s'y trouvait était des plus laids, une vraie verrue, et, de plus, inconfortable pour les commerçants, pas fonctionnel pour deux sous, étouffant en été et glacial en hiver. Gastambide, né à Besançon, élevé par sa grand-mère et n'ayant jamais quitté sa ville, avait toujours entendu nommer l'endroit « place Labourey », mais ce nom n'avait jamais été donné officiellement. Barthélemy Labourey, un mauvais sujet, habitait là des siècles auparavant. Après avoir dilapidé l'héritage qui lui venait de ses parents, il s'acoquina avec deux malandrins, Lucquet et Dougnon. Leur équipe collectionna alors les méfaits : un prêtre leur refusa de pratiquer un envoûtement, ils le tuèrent, ainsi qu'un témoin du crime. Ils volèrent leur bourse à des passants, tentèrent d'assassiner deux bouchers pour les dévaliser mais, n'y réussissant pas, s'attaquèrent à

un malheureux mendiant et le supprimèrent pour s'approprier sa maigre recette. Finalement, on les arrêta, on les jugea : l'échafaud fut dressé place du Marché. Labourey et Dougnon furent « *assommés de trois coups de la même hache et écorchés au couteau* ». Moins compromis, Lucquet fut pendu. Cela se passait en mai 1618, l'assistance était nombreuse et, par la suite, on raconta l'histoire avec des variantes et des enjolivements, où l'on retrouvait même la légende de saint Nicolas. L'affreux Labourey n'avait pas tué trois petits enfants pour en faire de la chair à pâté mais le lieutenant n'oubliait pas combien il était effrayé lorsque sa grand-mère le menaçait : « *Si tu continues à faire des bêtises, si tu n'es pas sage, attention, sale gamin, je vais appeler Labourey, et il va t'emporter !* »
- Ah, enfin la porte du salon de coiffure qui s'ouvre, zut! ce n'est pas la petite Belin. Je suis bon pour un café de plus…

Jean-Christophe commençait à en avoir assez. Le va-et-vient des passants lui apportait heureusement un peu de diversion. Des enfants, des adolescents passaient, portant un étui à violon ou bien ayant sur les épaules, comme un énorme sac à dos, un violoncelle dans sa gaine de toile. Ils se dirigeaient vers le conservatoire de musique dont le portail de bois sculpté, avec ses corbeilles de fleurs, ses épis de blé, des bustes de Cérès et de Pomone, évoque la richesse. En effet, ce bâtiment est l'ancien grenier d'abondance qui devait, sous Louis XV, conserver l'approvisionnement en blé nécessaire pour compenser l'insuffisance de certaines récoltes.

Gastambide trouvait le temps long : « *Ah, ces femmes, toujours à se pomponner… Que de temps perdu… Bien sûr, c'est pour nous plaire… qu'elles disent… c'est aussi pour faire bisquer les amies…* »

De sa place, le lieutenant voyait, à gauche du conservatoire de musique, le port Mayeur. A Besançon, on appelait « ports » des ruelles en pente conduisant directement à la rivière. Elles permettaient aux propriétaires de barques de les mettre à l'eau sans problème. C'est dans le port Mayeur qu'au début du XXe siècle, pour éviter une « *fétidité spéciale* », et pour le confort des habitués de la place où se tenait le marché, on créa les « *huit trous* », des latrines rudimentaires, prétextes à farces pour les galopins du quartier : un courant d'eau continu nettoyait les huit cabines et les enfants, à partir de sa source, faisaient flotter sur ce ruisseau des copeaux de bois enflammés puis contemplaient, ravis, la débandade des maraîchères qui se rajustaient en les injuriant…

Ce n'est pas trop tôt ! Mademoiselle Belin en a enfin terminé ! Elle était entrée avec une queue-de-cheval, elle ressort avec un superbe chignon qui laisse échapper quelques boucles disposées avec art. Mais où va-t-elle ? Elle passe devant le musée et emprunte la rue Courbet pour entrer dans un restaurant, La Table des Halles. Et là, Gastambide est bien obligé de la suivre. De toute façon, cela lui convient fort bien, il a grand faim.

12

Le lieutenant entra donc à la suite de Carole, qui devait être une habituée de l'endroit car elle fut tout de suite accueillie par un très aimable : « *Bonjour mademoiselle Belin, heureux de vous voir, vos amis sont là, l'apéritif vous attend.* »

Elle serra la main du responsable de l'établissement, balaya la pièce d'un coup d'œil rapide et se dirigea vers trois personnes déjà attablées, deux hommes et une femme. Jean-Christophe n'était encore jamais venu dans ce restaurant, il trouva fort à son goût la salle, vaste et très lumineuse, dont les murs unis mettaient en valeur de grands tableaux abstraits très colorés. Comme on lui proposait de choisir sa place, il opta pour une table proche de celle du groupe Belin et se décida pour le menu du jour, écrit sur une immense ardoise que, tel un homme-sandwich, le serveur lui présentait.

Du côté de la petite Belin, c'était très gai, apéritif, amuse-gueule, et ensuite le choix, assez compliqué car le groupe mangeait à la carte et chacun à son tour évaluait le pour et le contre de chaque plat proposé. Les trois compagnons de Carole semblaient plus âgés qu'elle, entre 25 et 30 ans. La femme, même, devait avoir largement dépassé la trentaine. Elle portait un ensemble de jersey noir informe, sur lequel se détachait un très beau collier ethnique, mais on sentait que les vêtements étaient le cadet de ses soucis. Elle aussi portait un chignon mais, alors que celui de Carole sortait des mains de Camille S. et était très élaboré, celui de l'amie devait être facile à réaliser : cheveux tirés en arrière, vaguement tortillés sur la nuque et maintenus par de grosses épingles de bois de style artisanal. On l'appela à plusieurs reprises sur son portable et, d'après ses réponses, le lieutenant Gastambide comprit qu'elle faisait partie d'une radio. Le contraste entre les deux hommes était plutôt curieux. L'un était blanc, l'autre noir ! Un superbe Africain et un Scandinave ! Ce dernier avait une chevelure d'un blond très pâle, elle était presque blanche. Gaston ne le voyait que de dos, mais l'entendait parler de fouilles archéologiques. Il semblait travailler avec le Noir, ou plutôt le métis, car de grands yeux bleus faisaient un contraste saisissant avec une peau couleur caramel ; les traits étaient fins et les dents éclatantes.

Gastambide faisait honneur aux plats. C'était bon, bien présenté mais, tout en appréciant le menu, il tendait l'oreille, espérant apprendre quelque chose d'intéressant. Carole ne disait rien. Elle écoutait attentivement ses amis qui parlaient de l'important passé romain de la ville, des vestiges visibles, de tout ce qui restait enfoui dans le sol et que l'on découvrait la plupart du temps à la faveur de travaux, au grand désespoir des entrepreneurs dont le chantier était alors bloqué.

Jean-Christophe avait terminé son repas avant Carole Belin et ses amis. Il commanda un café, un de plus, qu'il but tranquillement, demanda l'addition, régla et alluma une cigarette en attendant de pouvoir suivre la petite Belin le plus discrètement possible. C'est ce qu'il fit lorsque le groupe se leva et remonta la rue Courbet pour se diriger vers la rue des Granges. Là, tout près de la place du Marché, la journaliste, que l'on appelait Juliette, montra à ses amis un hôtel de la Renaissance qui, malgré des transformations sensibles, avait gardé une décoration raffinée, colonnes doriques et ioniques, sculptures délicates et plaque de marbre rose sur laquelle on voyait encore, gravée, la devise de la famille Buson d'Auxon. Cela donnait en français : « *Achève ou ne commence pas.* »

Gastambide, lui, jouait les touristes et, tournant le dos au groupe mais ne perdant aucun des propos, regardait, sur le trottoir d'en face, l'ancien hôtel du Bouteiller, en détaillait les éléments sculptés et rassemblait ses souvenirs du lycée pour tenter de traduire d'autres inscriptions latines, dispensatrices de conseils de vie éclairés. Si ces préceptes étaient appliqués par tous, se disait-il, nous n'aurions plus beaucoup de travail ! Lorsque l'on perça dans le bâtiment une arcade boutiquière, certaines de ces phrases furent amputées, mais on sait que la façade, à l'origine, était un vrai livre de raison : « *C'est vraiment d'un esprit royal et grand que d'entendre dire du mal de ce que l'on a fait de bien… Vois, écoute et tais-toi… Ne souhaite pas la louange mais mérite-la… Le travail dure peu, le repos éternellement…* »

Le lieutenant, finalement, profitait de la visite guidée et se promit de poser une colle à ses collègues : « *Quelle est la rue la plus étroite de Besançon ? Il s'agit de la rue Mayet qui, à son débouché sur la rue des Granges, entre les n°s 13 et 15, mesure à peine 1 mètre de large.* »

Carole et ses amis, toujours rue des Granges, et toujours discrètement suivis par le lieutenant Gastambide, passèrent devant la brasserie du Commerce. La journaliste leur dit quelques mots sur cet établissement, heureusement classé, décoré de stucs et de glaces, dernier exemple à Besançon d'un grand café de la fin du XIXe siècle. Ce fut ensuite la Grande-Rue et le groupe se dirigea vers l'hôtel Regina. Juliette avait promis à ses amis de leur montrer un endroit fascinant. Il fallait emprunter une entrée voûtée pour arriver à une cour, puis à l'hôtel même. Gastambide, bien sûr, n'osa pas suivre et attendit dans la rue, regardant les vitrines d'un air intéressé, en évitant tout de même celle des sous-vêtements féminins et en s'attardant devant l'éventaire d'une librairie qui soldait de nombreux ouvrages. Il se promit d'aller un jour voir ce qu'il y avait de si intéressant à l'hôtel Regina. Cela, il le découvrirait bien plus tard et alors il serait à son tour conquis par une sorte de jardin suspendu, un peu sauvage, avec de grands arbres, des bordures de buis et des massifs, une véritable oasis, si paisible, tout près de l'animation et de la circulation de la Grande-Rue.

Le lieutenant Gastambide, qui avait été ravi de suivre Carole Belin, se disait qu'il était gâté. Une véritable promenade, par beau temps, et en allant d'un endroit intéressant à un autre. Lui qui connaissait assez peu sa ville natale se plaisait vraiment à la découvrir. C'était une filature plutôt sympa… Mais celle-ci eut rapidement une fin, le groupe se sépara devant le palais Granvelle. La journaliste et le « Scandinave » partant chacun de leur côté, Carole Belin et l'« Africain » restant ensemble et entrant dans un immeuble du haut de la Grande-Rue. Gastambide se demandait si le jeune homme habitait là ou bien s'il était venu, avec Carole, rendre visite à des amis. De toute façon, une fois de plus, il n'avait plus qu'à attendre, attendre, et là, ce fut bien moins agréable que lorsqu'il suivait la « visite guidée ». Cela dura deux heures, deux heures à ne cesser de surveiller un grand portail de bois sculpté et à se demander si Carole Belin allait sortir de là seule ou accompagnée. Deux heures à regarder des vitrines qui ne l'intéressaient pas le moins du monde, à se réfugier sous un porche en lisant *l'Est Républicain* ou à aller et venir d'un air dégagé.

***

Josette Laplanche, après son séjour à Saint-Jacques, avait été dirigée sur la clinique de l'Orangerie, un centre de convalescence qui se trouvait quai Bugnet. Là, elle reçut quelques visites, son directeur monsieur Michaud, quelques collègues de bureau, de vagues amis, en général des personnes qui ne lui avaient jamais témoigné beaucoup d'intérêt mais qui semblaient, pour la plupart, heureuses et fières de connaître l'héroïne d'une histoire tragique. Il y eut bien sûr madame Hubert, venue avec madame Masson. Josette avait beaucoup d'affection pour sa voisine et, la plaignant d'être infirme et condamnée à l'immobilité, elle avait toujours essayé de lui rendre service, en gardant malgré tout une grande discrétion.

Josette était encore bien affaiblie, déprimée, mais cette visite lui rendit le sourire. En effet, madame Hubert lui raconta que son propre père, infirmier, avait été embauché en 1933 par le sanatorium des Tilleroyes, au moment où l'établissement allait être inauguré par le président de la République Albert Lebrun.
- C'était alors, au milieu de la verdure, un grand bâtiment encadré par deux pavillons, un pour les femmes, l'autre pour les hommes. Or, s'il y avait déjà des malades dans le pavillon des femmes, ce n'était pas le cas pour celui des hommes, car on venait à peine de le terminer et de le meubler. Pas question, cependant, de faire visiter des salles vides au président de la République.
- Alors ?
- Qu'est-ce qui s'est passé ? Dites vite !
- Alors on a demandé à des infirmiers et à des jeunes militaires de faire les malades ! Mon père m'a raconté qu'on les a convoqués et bien inspectés. Les plus pâlots devaient faire les malades, les autres les convalescents. On les a tous

fait mettre en pyjama. Ceux qui faisaient les convalescents ont eu droit en plus à une robe de chambre.
- Quelle affaire !
- On les a mobilisés !
- Finalement, ça a failli rater ! Ils étaient tous debout, tout excités par cette affaire, y en avait qui chantaient des chansons de troupier, vous savez, ça, mon père l'avait pas oublié : « *J'ai la rate qui s'dilate, j'ai le foie qu'est pas droit, j'ai les reins sous l'bassin, et l'bassin qu'est pas sain, ah mon Dieu, qu'c'est embêtant de n'pas être bien portant* », et ça rigolait ! Et puis, voilà qu'on annonce tout à coup : « *Vite, le président qui arrive !* » Plus une seconde à perdre ! C'est la pagaille ! Vite les « malades » se couchent, y s'enfoncent sous les couvertures, y prennent des airs fatigués, y en a qui font semblant de dormir... Les « convalescents », eux, en robe de chambre, y vont s'étendre sur des chaises longues. Et voilà le président...
- Alors ?
- Le président traverse les salles, il est souriant. Il dit quelques mots à certains et puis il part en disant qu'il lui semble que cet établissement est parfait et qu'il est sûr que tous les malades guériraient.
- Ça, il pouvait le dire !
- C'était gagné d'avance !
- Oui, mon père, ça l'avait frappé cette histoire. D'abord, il a bien ri mais, après, il a dit que, finalement, on ne pouvait se fier à personne. Il avait gardé le journal *l'Illustration* qui parlait de la visite du président à Besançon. Il y avait des tas de photos, à la cité universitaire, à l'Ecole d'horlogerie, au préventorium de Palente. Là, le président, y faisait la ronde avec des enfants, il était en chapeau haut de forme, l'allure ! Et puis sur la photo prise aux Tilleroyes, dans la salle des hommes, qui c'est qu'on voit, bien couché dans son lit, mon père, un beau brun frisé, il avait 35 ans...

- Quelle histoire !
- J'aurais bien voulu voir ça !
- C'étaient des vrais-faux malades !
  Là, ce fut un éclat de rire général…

La présence de ses amies avait fait le plus grand bien à Josette, la distrayant, tandis qu'en général ceux qui venaient la voir ne faisaient que lui poser des questions sur *« sa pauvre amie qui avait fini si tristement »*. Josette était suffisamment intelligente pour se rendre compte que, par la suite, elle redeviendrait quantité négligeable, *« la Laplanche, la rouquine »*, celle à qui on demande des services, mais qu'on laisse tomber après avoir profité de son aide. Finalement, seule Marie-Hélène avait été généreuse et désintéressée, l'écoutant, essayant de l'aider et la soutenant.

Mais, un jour, qui arriva ? Robert Saulnier ! Il était tout pâle, amaigri, et demanda à Josette de l'excuser, il n'avait pas encore eu le courage de venir la voir à l'Orangerie. Il lui dit qu'il se rendait compte maintenant, plus que jamais, combien Marie-Hélène avait compté pour lui, combien la maison était vide sans elle. Il avait tout laissé tel quel dans l'appartement, ses vêtements, sa broderie et le livre qu'elle était en train de lire, avec le signet toujours là où elle avait interrompu sa lecture.
- Vous me comprenez, vous qui la connaissiez si bien…
  Et il s'en alla, les larmes aux yeux…

Alors Josette, partagée entre chagrin et espoir, se mit à rêver. Elle était la seule amie proche de Marie-Hélène. Elle est désormais la seule capable d'évoquer longuement avec Robert le souvenir de sa femme si regrettée. Elle saura entourer Robert, le soutenir, le consoler et puis peut-être, un jour…

Ce soir-là, la tension de Josette avait fait un bond. Le médecin mit cela sur le compte des visites qui ne permettaient pas à sa patiente de vivre dans le calme recommandé et décida de les interdire provisoirement.

13

Le lieutenant Gastambide, qui avait vu la petite Belin et son ami pénétrer dans un immeuble de la Grande-Rue, attendait toujours. Après plusieurs fausses joies, une mère et ses enfants, un couple âgé, un groupe d'adolescents, Carole apparut enfin, seule, épanouie. Le beau chignon si savamment élaboré par Camille S. n'était plus qu'un souvenir, une queue de cheval l'avait remplacé. Gastambide comprit tout de suite quel avait été l'emploi du temps de la jeune femme pendant ces deux heures qui, à lui, avaient paru si longues… Le bel Africain devait donc habiter là et avoir une liaison avec Carole qui, elle, avait vraisemblablement une liaison avec Robert Saulnier. Cela faisait tout de même beaucoup, voilà qui compliquait les choses. Et Jean-Christophe, une fois de plus, et bien heureux de ne plus faire le pied de grue, emboîta le pas à Carole.

L'un suivant l'autre, ils se dirigèrent vers le parking Cusenier, ce parking que tout le monde appelle « la Charlotte ». Gastambide s'était souvent demandé pourquoi. Le jardin public avait-il été créé sur une propriété de ce nom ? Un jour, Jean-Christophe avait eu par des collègues des précisions sur les deux sculptures qui se trouvaient là et que jusqu'alors il avait regardées d'un œil indifférent. Tout d'abord, un buste représentant Elisée Cusenier, bienfaiteur de la ville, dont le nom avait été donné à la fois à ce square et à l'avenue qui le bordait et aussi, bien cachée par des sapins qui avaient trop grandi, une statue en pied représentant une femme âgée, vêtue à la mode 1900, les mains frileusement cachées dans un manchon. Son auteur l'avait baptisée *L'Hiver*, voulant ainsi évoquer à la fois la saison des frimas et la dernière partie de la vie. Cette œuvre avait été choisie pour Besançon par le maire de Krug, en 1925, au dépôt des Marbres de Paris. Placée dans ce jardin, elle fut aussitôt nommée *la Charlotte* car elle était arrivée là grâce à Charles Krug. Et le square devint pour les Bisontins le « square de la Charlotte » ; il est réputé pour être le lieu de rendez-vous d'amitiés particulières et Gastambide avait un jour lu, gravée dans la pierre, sur les épaules de la statue, au milieu d'autres *graffiti*, l'inscription : « *François et Olivier pour la vie* ».

Carole ayant repris sa voiture, Jean-Christophe la suivit dans la sienne, se demandant où cette belle nana allait bien pouvoir l'emmener. Finalement, elle rentra tout simplement chez elle.

Le lendemain était un mardi, trois semaines déjà que madame Saulnier avait été assassinée. Gastambide, toujours lui, devait, du matin au soir et autant que possible, ne pas quitter des yeux Carole Belin. Il lui fallait, de plus, être particulièrement attentif car, le mardi, Carole était censée aller à son cours de yoga. Allait-elle faire l'école buissonnière ? Si, au début, la mission de filature confiée à Gastambide par le commissaire avait plu au lieutenant, celui-ci commençait à s'en lasser. Se promener, d'accord, mais rester, comme ce mardi matin là, bloqué dans sa voiture devant le portail de la grange Belin en attendant que la petite Austin veuille bien montrer son museau, très peu pour lui ! D'autant plus que la Carole n'était vraiment pas du matin ! Que le temps passait lentement ! Et pourtant Julie, l'amie de Jean-Christophe, lui avait amoureusement préparé une thermos de café, de l'eau et des sandwiches. Lui s'était également approvisionné en lecture : en priorité le journal du jour, écran très commode lorsque l'on ne veut pas être reconnu, un bouquin policier et *Le Rouge et le Noir*, ce roman dont une partie de l'action se passe à Besançon qui, selon Stendhal, n'était pas seulement une des plus jolies villes de France, mais abondait en gens de cœur et d'esprit.

9 heures... 10 heures... « *Cette mademoiselle Belin n'est vraiment pas du matin !* »

A l'enthousiasme de la première filature succédaient l'ennui et l'exaspération.

- Où va-t-elle bien me traîner aujourd'hui ?

Par prudence Gastambide avait changé de voiture, troquant sa Citroën noire contre un véhicule banal au possible, gris de couleur, gris de poussière.

11 heures... Jean-Christophe avait eu le temps de lire dans *l'Est Républicain* les pages qui l'intéressaient, de terminer les mots croisés et les mots fléchés et il commençait à s'attaquer au jeu des 8 erreurs quand il vit enfin passer Carole au volant de sa voiture. Il essaya de la suivre d'assez loin car il ne voulait surtout pas être repéré, à un moment où il y avait peu de circulation. Il s'en était bien sorti jusque-là, pourvu que ça dure !

Tout cela les mena à la Citadelle. La Citadelle, le monument phare de Besançon, celui qui attire chaque année des milliers et des milliers de visiteurs, Bisontins, Franc-Comtois et touristes de toute la France et du monde entier. Dans un site admirable et faisant le bonheur de toutes les générations, le chef-d'œuvre de Vauban abrite de nombreux musées où chacun trouve son intérêt.

Mais qu'allait donc y faire Carole ?

Eh bien Carole gara sa voiture dans le parking du front Saint-Etienne, Gastambide en fit autant et, ne quittant pas des yeux la petite Belin, se mêla à des touristes allemands qui venaient d'arriver. Alors, surprise ! Qui donc attendait la jeune femme ? Robert Saulnier !

Jean-Christophe trouva vraiment que le beau Bob exagérait, sa femme était morte depuis à peine trois semaines et il donnait rendez-vous à Carole ! On est large d'esprit, mais tout de même, il y a des choses qui ne se font pas ! Du respect s'il vous plaît !

Et la p'tite Belin ? Hier l'Africain, aujourd'hui Saulnier ! Et puis demain, qui encore ?

Toujours dans l'anonymat du groupe des Allemands, le lieutenant Gastambide eut la chance de pouvoir continuer à observer Robert et Carole, qui étaient montés sur la terrasse et, de ce superbe point de vue, admiraient la ville. Jean-Christophe s'attendait, non pas à de grandes démonstrations, mais à des gestes un peu tendres et affectueux, une main sur une épaule, une écharpe que l'on aide à remettre en place. Rien. Rien du tout. On aurait dit une discussion d'affaires. Malheureusement trop loin pour saisir quelques mots au vol, il n'osait pas s'approcher, protégé qu'il était par le rempart germanique.

Et puis voilà que Robert fait signe à Carole : il lui montre du doigt un car qui gravit péniblement la côte et va manœuvrer pour se garer. Aussitôt, les voici qui se dirigent rapidement vers le parking. Gastambide peut alors sans crainte se pencher et voir, de la terrasse, ce qui se passe : monsieur Saulnier et mademoiselle Belin vont au-devant d'une trentaine de personnes, hommes et femmes. Saulnier semble bien les connaître. Il présente Carole à celui qui est à leur tête et tout le monde se dirige vers l'entrée de la Citadelle, passe le front Saint-Etienne et grimpe vers le front Royal. Le lieutenant les suit, bien sûr. Certains des passagers du car s'essoufflent dans la montée et traînent, si bien que Jean-Christophe peut lire sur le badge de l'un d'entre eux : « XIIe Congrès national des architectes-décorateurs ».

Robert Saulnier dirigeait les opérations et, de loin, Gastambide comprit que le beau Bob, à grand renfort de gestes, parlait de tout ce qu'il y avait à voir, paysages, architecture et musées. Deux groupes se constituèrent. L'un, sous la direction de Carole, s'engagea sur le chemin de ronde de Tarragnoz, à partir de la tour de la Reine, au toit orné d'une seule fleur de lys, tandis que celui de la tour du Roi en comporte deux. L'autre groupe, avec Saulnier, alla de bâtiment en bâtiment. Jean-Christophe s'assit sur un banc de la cour des Cadets, attendant patiemment et pensant à tout ce qui avait pu se passer dans ces murs plusieurs fois centenaires, à tous les drames qui s'y étaient déroulés… Un paon égaré se risquait à faire quelques pas devant lui, puis s'enfuyait, effrayé par des visiteurs qui allaient et venaient. Il faisait bon. Un vol de centaines d'oiseaux tournait dans le ciel, semblant envelopper le soleil d'une écharpe frissonnante… Le lieutenant Gastambide rêvait, il était même sur le point de s'assoupir quand un pigeon lui frôla le visage. Il sursauta, se ressaisit et se mit à penser à l'« affaire ». Finalement, rien dans l'attitude de Saulnier et de la petite Belin ne semblait jusque-là révéler une quelconque intimité entre eux. Robert, amené par sa profession à être un des organisateurs de ce congrès, avait sans doute tout simplement demandé à Carole de l'aider à accueillir les architectes-décorateurs à la place de la malheureuse Marie-Hélène qui, vraisemblablement, aurait dû s'en charger avec lui.

Il allait bientôt être midi. Les deux groupes se rejoignirent devant le bâtiment des Cadets, descendirent vers le parking et montèrent dans le car qui démarra bientôt, précédé par Saulnier au volant de sa voiture et suivi par Carole Belin, dans sa petite Austin. Gastambide, bien sûr, fermait la marche, mais d'assez loin. Carole allait-elle rester avec Robert et avec les congressistes ? Ce ne fut pas le cas. Le lieutenant la suivant toujours, elle rentra sagement à la grange Belin. Et Gastambide se disait : « *Si ces deux-là sont amants, ils cachent bien leur jeu. Ils n'ont même pas essayé d'être ensemble le reste de la journée…* »

Le lieutenant téléphona au commissaire Legros pour lui dire ce qui s'était passé et lui demander ce qu'il fallait faire :
- Continuez à filer la petite Belin, on ne sait jamais… Elle est peut-être de ces futées qui réussissent à donner le change, il faut qu'on soit fixé… De mon côté, je fais suivre Saulnier.

Et il appela Pluvinage.

Le lieutenant Jean-Roger Pluvinage était un petit bonhomme d'une trentaine d'années, mais qui semblait du reste plus près de 40 que de 30. Il était courtaud, râblé, un véritable pot à tabac, et portait des lunettes à monture de métal, bien trop petites pour un visage rond qu'il tentait d'affiner en laissant pousser un collier de barbe châtain comme sa chevelure. En fait, cela le faisait plutôt ressembler à un nain de jardin… Un garçon sérieux, consciencieux, sur qui l'on pouvait compter. C'est donc lui qui fut chargé de surveiller Robert dans l'après-midi. Il savait où le trouver puisque le programme du congrès avait été publié dans *l'Est Républicain*. C'était le deuxième et dernier jour des réunions, il devait y avoir un buffet au palais des congrès à 12h45, puis la dispersion.

Après un repas pris à la hâte, Pluvinage alla donc à Planoise attendre la sortie des architectes-décorateurs. Il put sans problème garer sa voiture non loin de l'entrée de

Micropolis, ce bâtiment à la conception originale, avec sa superbe charpente de bois et sa flèche de verre. Il avait emporté de la lecture, mais il ne fallait pas que celle-ci fût trop passionnante car il aurait risqué, comme cela s'était produit un jour à ses débuts, d'être absorbé par l'intrigue au point de ne pas s'apercevoir que la personne à suivre était passée sans qu'il l'ait vue. Il se rappelait combien alors il avait frémi en se rendant compte que la voiture de son « client » n'était plus là. Et que dire à son chef, si dur, si sévère ? La honte ! Il s'en était tiré par un mensonge, racontant qu'arrêté par un feu rouge, il avait perdu la piste du véhicule. Il n'oublierait jamais cette histoire ! Même si elle remontait à des années ! Cette fois-ci, pas question de se laisser distraire ! Très attentif, il vit passer des gens qui avaient appelé un taxi, sans doute pour aller à la gare, d'autres qui prenaient leur voiture aux immatriculations dont Jean-Roger s'amusait à deviner les origines. « *Si 25 est le Doubs, qu'est-ce donc que le 26 ? D.o..., D.p..., D.q..., D.r. Voilà ! C'est la Drôme ! Il vient de loin... Et après, le 27, qu'est-ce que c'est alors ? Encore du D ? Pas possible, ça doit être du E. Mais y a-t-il un département qui commence par E ? L'Eure bien sûr, mais avant, qu'est-ce qu'on pourrait avoir ? Avant l'Eure ? Avant l'Eure, c'est pas l'heure ! Minable ! Mon pauvre vieux, l'attente te réussit pas ! Vivement qu'il sorte de là, ce satané Saulnier... Un autre taxi, sans doute pour un autre train... Et enfin, ce cher Robert, le beau Bob, à ce qu'on dit... Le voilà avec trois personnes qu'il mène à sa voiture. En route ! Mais pour où ? On verra bien. Enfin, ça bouge, il était temps...* »

Finalement, Saulnier, qui avait déposé ses passagers devant l'hôtel Ibis de la rue Gambetta, les y rejoignit après s'être garé non loin de là. Pluvinage, lui aussi, put heureusement trouver une place pour sa voiture et, une fois de plus, attendit… Il aurait bien aimé, lui aussi, être accueilli avec le sourire et prendre une consommation dans cet endroit agréable. Un café bien serré, ou une bière bien fraîche? Non, pas question, il était condamné à attendre, attendre encore!

La rue Gambetta, percée à la fin du XIXe siècle, était rapidement devenue un centre horloger important, on y trouvait alors la Société des monteurs de boîtes d'or, une fabrique, un doreur et un fabricant d'aiguilles de montres. L'hôtel Ibis actuel est l'heureuse reconversion d'un de ces bâtiments industriels.

L'attente ne fut heureusement pas trop longue, Saulnier reprit bientôt son Audi, suivi bien sûr par Jean-Roger, et il mena le lieutenant jusqu'à la clinique de l'Orangerie. Qui allait-il donc voir? Josette! La fameuse Josette! C'était certain!

Pour la distraire, Robert apportait à Josette tout un dossier. C'était la documentation, superbement illustrée de photos en quadrichromie, donnée à chaque congressiste. Saulnier ne s'attarda pas. Il demanda à Josette de ses nouvelles, lui remit les documents, puis alla à son bureau.

***

Josette n'était plus la même. Parfois, cependant assombrie par le souvenir de son amie disparue, elle appréciait ce séjour forcé, ces moments où le personnel médical s'occupait d'elle, de sa santé, de son alimentation; on était attentionné, on ne la méprisait pas. Et elle, elle se plaisait à vivre dans ce cocon douillet, elle se reposait, lisait, regardait par la fenêtre la verdure qui commençait à renaître et rêvait… Détendue, reposée, loin des agressions réelles ou imaginaires, elle n'avait plus l'air, comme auparavant, d'un grand échalas ossu et rébarbatif. La pâleur propre aux roux s'était atténuée, ses joues s'étaient remplies et colorées. Elle était presque belle…

Elle continuait à rêver, et à qui ? Au beau Bob bien sûr ! Les visites qu'il lui avait faites, les minutes qu'il lui avait accordées étaient pour elle le plus beau des cadeaux.

14

Tandis que Jean-Roger Pluvinage se consacrait à Saulnier, Gastambide, lui, continuait à s'occuper de Carole. Elle était directement rentrée chez elle après avoir quitté Saulnier et les congressistes à la Citadelle. Allait-elle sortir à nouveau ? C'était normalement le jour où elle allait prendre son cours de yoga.

Toujours dans sa voiture, ne perdant pas des yeux le portail de la grange Belin, Gastambide, une fois de plus, trouvait le temps long. Les gens qui voient des histoires policières au cinéma ou à la télévision s'imaginent que la vie d'un flic est pleine d'action, d'imprévu, de coups de théâtre mais, en réalité, combien d'heures passées à attendre dehors par tous les temps, combien de journées devant des dossiers sans intérêt, combien d'affaires banales à pleurer…

Le lieutenant ne s'attendait pas à voir monsieur Belin. Comme c'était le jour où celui-ci avait « club », il devait vraisemblablement se rendre directement à la réunion en sortant des Grandes Galeries de l'Ameublement. En revanche, la femme de ménage sortit de la grange, à pied, à 19 heures, rapidement suivie par Carole au volant de sa voiture.

- Ça bouge enfin !

Gastambide se sentait tout ankylosé, et il apprécia de pouvoir prendre le volant. Mais où cette petite Belin allait-elle le mener ? Rue Bersot, à son club de gym sans doute. Eh bien, pas du tout. Du parking de la mairie, attentif et toujours discret, Jean-Christophe emboîta le pas à Carole. Ce fut la rue Mégevand, puis le théâtre où la jeune femme s'engouffra par l'entrée des artistes. Devant le Kursaal, à moitié caché par le monument dédié au peintre Chartran et par les arbustes qui l'entouraient, Gastambide, tout en surveillant la porte qu'avait empruntée Carole, évoquait ce théâtre élevé avant la Révolution par Claude-Nicolas Ledoux. Alors unique en son genre, la salle était exceptionnelle et montrait les talents novateurs de son architecte. Pour la première fois, il y avait des sièges au parterre et, pour la première fois, une fosse était destinée à l'orchestre. Ajoutez à cela une décoration raffinée dans des tons de bleu, de gris, de blanc, d'or et d'argent. En 1958, hélas, le bâtiment tout entier fut ravagé par les flammes, il ne resta plus que des murs calcinés et la colonnade du péristyle. Malgré les souhaits de beaucoup, il ne fut pas possible de restituer la salle dans son état d'origine…

Un groupe bruyant sortit du théâtre. Mais pas encore de Carole. Le lieutenant, à côté du buste de Théobald Chartran, pensait à cet artiste qui avait eu son heure de gloire, et aussi à une histoire qui avait ravi, en son temps, les méchantes langues de la ville. Alors que Chartran faisait, au Vatican, le portrait du pape Léon XIII, sa femme Sylvie demanda à être reçue par le souverain pontife. Comme elle commettait facilement des impairs, son mari la mit en garde :
- Tiens-toi bien… Agenouille-toi… Et surtout, ne dis rien…

Après l'entrevue, madame Chartran, enchantée, précisa à son époux :
- Il a été charmant, charmant… Tu aurais été content de ta petite femme, mon chéri… A tout ce qu'il disait, je répon-

dais « *Oui, Saint-Siège… Non, Saint-Siège…* » Et il riait, et il riait… « *Je n'aurais jamais cru qu'un Saint-Siège pouvait être aussi gentil que lui…* »

Gastambide se demandait si, parmi les tableaux exposés au musée, l'un représentait la belle Sylvie quand, tout à coup, il vit passer devant lui Carole et son Africain. Ce soir, donc, vraisemblablement, pas de cours de yoga, à moins que les deux jeunes gens aillent ensemble au club de gym. Ce ne fut pas le cas. Ils entrèrent dans l'immeuble de la Grande-Rue où ils étaient déjà allés. L'endroit où, sans doute, il habite lui, se dit Gastambide et, au bout d'un moment, la porte restant quelques secondes entrouverte après qu'un homme âgé allant promener son chien en fut sorti, notre lieutenant se précipita pour lire les noms écrits sur les boîtes aux lettres : « *Scève, Minne, Galice, Toussaint, Senghor* ». Senghor, c'est ça sans doute ! Il doit être sénégalais comme Léopold Sédar. Maintenant, connaissant son nom, on pourra éventuellement avoir des précisions sur lui…

A nouveau Grande-Rue, ce fut encore l'attente, et sans grandes diversions car, à cette heure-là, il n'y a pas grand monde dans les rues : les Bisontins dînent ou regardent la télévision. Quant à Carole et à Senghor, ils devaient avoir d'autres occupations. Le vieux monsieur revint, tirant sur la laisse de son chien qui semblait vouloir faire durer la promenade et renâclait à rentrer. Des bus passaient, avec deux ou trois passagers seulement. Il commença à pleuvoir doucement. Gastambide était bien à l'abri sous son porche et il avait eu largement le temps de faire un sort aux sandwiches préparés avec soin par son amie. Un bar, tout proche, lui permit de prendre un grand café sans relâcher sa surveillance et puis bientôt - ça n'était pas trop tôt - il vit la petite Belin et Senghor sortir, amoureusement enlacés. Il les suivit et se retrouva bientôt rue Bersot. Là, Senghor quitta

Carole, qui entra dans le club de gym. Il était près de 22 heures.

- Ouf ! Ma journée est finie !

Et c'est avec soulagement que Gastambide récupéra sa voiture au parking de la mairie et rentra chez lui.

Le lendemain, grande réunion chez le commissaire Legros. Il avait convoqué Michel Dubourg et Lucie Le Galland avec Gastambide et Pluvinage qui, eux, apportaient les nouvelles les plus fraîches.

Le commissaire ne semblait pas dans un de ses bons jours. Il faut dire, du reste, que ses « bons jours » étaient rares. C'est pratiquement toute l'année qu'il se levait du mauvais pied. Des problèmes de santé s'ajoutant à un sale caractère n'arrangeaient pas les choses, et on pouvait compter les fois où on l'avait vu sourire. Legros était assis dans son confortable fauteuil tournant. Sur son bureau, d'impressionnantes piles de dossiers et, dans un cendrier révoqué - pas question de fumer pour qui que ce soit - des trombones torturés.

Le commissaire avait toujours la physionomie revêche mais on voyait dans ses yeux, pour une fois, une lueur d'intérêt. Il désigna des sièges, fit asseoir ses collaborateurs en face de lui, sortit d'un tiroir une grande feuille de papier et s'arma d'un impressionnant stylo noir.

- Maintenant, Madame, Messieurs, récapitulons ! Je vous ai réunis pour que nous essayions de faire le point. Nous allons reprendre les faits depuis le début et un à un. Je sais que, chacun de votre côté, vous avez bien travaillé. Vous avez réussi à réunir de nombreux renseignements et je vous en félicite. Alors, reprenons point par point.

L'air content de lui, de son petit discours d'entrée en matière et ayant fait beaucoup d'efforts, selon lui, pour être aimable, Legros promena son regard sur ses officiers : Dubourg, très attentif, arborait ce jour-là un superbe

blouson de cuir fauve - cadeau de maman - et semblait beaucoup attendre de la réunion. Lucie, peut-être à la suite de ses enquêtes dans les salons de coiffure, avait fait des efforts certains et semblait sortir d'une séance de brushing. Elle portait un ensemble de jean bleu qui la flattait. A côté d'elle, Pluvinage ne cessait d'essuyer ses lunettes d'un geste nerveux et Gastambide, affalé sur sa chaise, débraillé et plutôt hirsute, semblait parfaitement indifférent.
- N'hésitez pas à m'interrompre si une idée vous vient, même si elle vous paraît bizarre, ou encore si vous avez une suggestion à faire…

Jamais on ne l'avait vu si accessible, mais bientôt le naturel revint au galop :
- N'allez tout de même pas me couper la parole à tout moment !

La discussion semblait ouverte, mais le ton aurait tout de même pu paraître plus engageant. Enfin, il fallait prendre le croquemitaine comme il était et, pour une fois, on avait une affaire intéressante à traiter.
- Ce qui est indéniable, c'est que l'accident de madame Saulnier est dû à la malveillance. On a voulu délibérément supprimer cette pauvre femme. On sait qu'elle a reçu deux coups de téléphone. L'un avant le repas, de son amie Laplanche, il a peu duré, et un autre après le repas, pendant qu'elle avait mis une casserole d'eau sur le feu pour son infusion. Cet appel qui a éloigné madame Saulnier de sa cuisine et lui a été fatal émanait d'un téléphone mobile dont vous savez que nous avons pu connaître l'origine. Il appartient à un habitant de Pontarlier venu à Besançon pour affaires au début du mois d'avril. Il avait posé son portable, à portée de main, sur la table du restaurant où il déjeunait en compagnie de collègues. Parti rapidement pour aller à un rendez-vous, il ne sait pas s'il avait oublié là son

appareil, si on le lui avait volé, ou s'il l'avait perdu par la suite. Trouvé ou acheté par un criminel en puissance, cet appareil a donc été utilisé dans une terrible machination… Ces téléphones portables ! Ils nous envahissent ! Ils nous traquent, avec eux c'est la mise à disposition perpétuelle !
- Mais à qui profite le crime ? dit Pluvinage.
- C'est bien ce que l'on se demande, répliqua le commissaire. Eh bien, lieutenant Pluvinage, parlez-nous de Saulnier !
- Robert Saulnier a été très abattu par la mort de sa femme. On avait l'impression qu'il l'avait épousée par intérêt, que c'était un mariage sans avenir tellement ils étaient différents l'un de l'autre. On se rend compte maintenant qu'ils devaient très bien s'entendre, se compléter. Dans son entreprise, on dit qu'il n'est plus le même, toujours sombre, se réfugiant dans le travail. Il y a bien des femmes toutes prêtes à le consoler, mais il ne s'en rend pas compte. Il ne voit rien. Il va souvent au cimetière des Chaprais et il reste immobile devant la tombe, presque au garde-à-vous, il dépose toujours un petit bouquet. Jamais, on aurait cru ça de lui… Saulnier sentimental ! On n'en revient pas… Je me suis renseigné, il s'était beaucoup occupé, avec sa femme, de l'organisation du congrès des architectes-décorateurs. Cela fait un an que ce congrès avait été programmé. Quand ça a eu lieu, il était là sans arrêt, toujours disponible. Il n'y a personne dans sa vie. Il ne voit personne, il est simplement allé hier après-midi apporter un dossier du congrès à mademoiselle Laplanche, mais il n'a fait qu'entrer et sortir.

Le commissaire prit à nouveau la parole :
- Pour en revenir à nos premières conclusions et comme il a été trouvé dans le local des compteurs des traces d'Argor, nous avons pensé qu'une personne ayant utilisé cette laque s'était trouvée là. Après les investigations du lieutenant Le Galland chez les coiffeurs et ses recherches, les soupçons se

sont logiquement portés sur Carole Belin, mais le lieutenant Gastambide a du nouveau…

- Effectivement, tout désignait Carole, sa participation à la fête costumée avec de l'Argor sur les cheveux, son passé de petite fille gâtée, ses liaisons avec des hommes plus âgés qu'elle, les mensonges sur son emploi du temps le soir du crime. Mais j'ai passé des heures à la suivre, répliqua Gastambide qui s'était redressé sur son siège et prenait des airs importants. Nous avons tous cru qu'elle avait une liaison avec Saulnier. Pas le moins du monde. Je les ai vus ensemble à la Citadelle, elle lui donnait simplement un coup de main pour recevoir des congressistes, c'étaient deux amis, deux copains. Ailleurs, c'est différent, elle fréquente un Noir nommé Senghor qui habite Grande-Rue et elle le rencontre très, très discrètement. Encore une liaison qui ne ferait pas plaisir à son père ! Lui, le père, il ne se doute de rien, s'il savait qu'elle est avec un Noir ! Elle est maligne, la petite, elle dit qu'elle va à son cours de yoga, elle y va mais à la dernière minute, et après être allée chez Senghor et avoir pris du bon temps !

- Donc, dit le commissaire, *exit* mademoiselle Belin ! Pourtant, c'était vraisemblable, cela cadrait avec tout ce qu'on savait d'elle. Alors, qui ?

15

Si Carole, sur laquelle tous les soupçons s'étaient longtemps portés, semblait absolument hors de cause, qui donc alors ? Et de passer à nouveau en revue les clientes de Camille S. ayant disposé d'Argor, mais cela ne changea rien. Jusqu'au moment où Lucie s'écria :
- Mais ces paillettes ne viennent peut-être pas de la coiffure de quelqu'un ! Attendez…

Et là, toute l'équipe devint très attentive.
- Attendez… Camille S. m'a dit que pour l'inauguration de sa nouvelle installation il avait doré des étoiles avec Argor ! Et ces étoiles, ensuite, il les a données en souvenir à ses clientes ! C'était avant la Noël, et les clientes, elles ont pu s'en servir pour décorer un sapin. Après les fêtes, cet arbre, on a pu le laisser dans le local des compteurs en attendant le jour de ramassage des arbres de Noël par la ville !
- Dans ce cas, dit le commissaire, si c'est madame Saulnier qui a fait un arbre de Noël, nous n'avons aucun lien direct entre sa mort et une utilisatrice d'Argor. Il faut voir si Camille a donné des étoiles à cette malheureuse et si elle a fait un arbre de Noël. Ça, ça ne me paraît pas très sûr, un couple plus tout jeune, et pas d'enfants… Enfin, il y a des traditions… Pour cela, la concierge se fera un plaisir de nous renseigner.

On recommençait tout de zéro. C'était pénible dans un sens, mais aussi cela ouvrait de nouvelles perspectives et donc l'espoir de trouver une autre piste.
- Le Galland, vous qui avez déjà vu les coiffeurs, allez vous renseigner chez Camille !

Le salon du fameux capilliculteur étant tout proche de Goudimel, le lieutenant Le Galland s'y rendit sans prendre rendez-vous. Camille la reconnut aussitôt et fronça les sourcils en se demandant ce qui se passait encore, mais il reprit bien vite une expression bienveillante et, se dirigeant vers Lucie :
- C'est pour le travail ou pour vous faire coiffer ?
- C'est pour le travail ! Mais je ne vous dérangerai pas longtemps. Un simple détail à vérifier. Si je ne me trompe pas, vous m'avez bien dit que, au moment où vous avez fêté la nouvelle installation, vous vous étiez chargé de toute la décoration avec en particulier des étoiles, et ces étoiles, vous les avez dorées avec de l'Argor.
- C'est vrai, vous avez raison. Mais vous tombez bien, j'ai un peu de temps maintenant. Je vais vous montrer des photos, ah, c'était une belle réception !

Camille alla chercher le bel album, blanc et doré sur tranches, qui retraçait toute sa carrière. On passa vite sur les débuts, petite boutique style années cinquante, puis agrandissement avec l'achat d'un magasin mitoyen et on en arriva aux heures de gloire, Camille promu « meilleur ouvrier de France », puis l'appel à un architecte d'intérieur de l'entreprise Saint-Fargeaux et enfin l'inauguration de la toute dernière décoration. On voyait le salon pris sous tous les angles, des clientes papotant, également des coiffures en gros plan et, enfin, Camille, triomphant, souriant, avec ces dames. Mais aussi, ce qui intéressait surtout Lucie, un superbe buffet déployé sur une nappe bleu nuit et, sur cette nappe, des étoiles d'or, des dizaines d'étoiles d'or. Sur les photos des clientes, Lucie reconnut des visages qu'elle avait détaillés sur les clichés pris à l'occasion de la Mi-Carême. Ici, on remarquait surtout la petite Belin, qui avait dû bien plaire au photographe, on avait l'impression qu'il l'avait suivie à la trace ! Carole avec Camille, Carole buvant une coupe de champagne, Carole discutant avec des amies et, enfin, Carole avec Marie-Hélène Saulnier.

La dernière prise de vue montrait Camille, l'air épuisé, devant le buffet dévasté - on y avait vraiment fait honneur - et la nappe orpheline de ses étoiles.
- Avez-vous donné des étoiles à madame Saulnier ?
- Je ne sais vraiment plus, sûrement, sans doute, car elles en ont toutes eu, mes petites chéries. Ah, elles étaient contentes, bien contentes…

Déjà un point positif. Et Camille offrit même à Lucie une photo qu'il avait en double, celle du buffet avant l'arrivée des invités, on y voyait bien les superbes étoiles dorées.

Restait à savoir si les Saulnier avaient fait un arbre de Noël. La concierge avait dit à Michel qu'une femme de ménage travaillait à la fois chez les Saulnier, beaucoup, et chez leur voisin d'étage, un peu. Le lieutenant Dubourg téléphona donc à monsieur Sambin, qui lui précisa à quel moment il pourrait rencontrer chez lui madame Adam.

Michel vit donc une petite femme des plus aimables, d'une cinquantaine d'années, brune, au regard vif et très émue par la disparition de Marie-Hélène.
- C'est terrible, une femme si douce. Vous savez, chez elle, le travail, c'était un plaisir. Si simple malgré la fortune qu'elle avait, si tranquille, si ordonnée… Jamais d'imprévu. Et puis elle donnait toujours un coup de main. Les jours de grand nettoyage, on faisait une bonne équipe. Ah, elle l'aimait son mari, elle le chouchoutait. Quand il rentrait de

son bureau, il fallait que tout soit prêt, qu'il ait plus qu'à mettre les pieds sous la table... Quel dommage qu'ils n'aient pas eu d'enfant... Maintenant, je continue à venir faire le ménage, la lessive et le repassage. Lui, il va au restaurant. Maintenant, c'est plus la même chose, c'est bien triste... Comme je l'ai pas vue malade, je crois toujours qu'elle va venir avec son joli sourire et qu'elle va me dire : « *Alors, madame Adam, comment ça va ce matin ? On prend un petit café, et après on travaille...* »
- Est-ce qu'elle faisait un arbre de Noël ?
- Un sapin ? Mais bien sûr ! Chaque année, je peux vous l'affirmer. Ça fait des années que je travaille ici, je travaillais déjà pour les parents de Madame, et elle, tous les ans, elle faisait un arbre. Elle me disait : « *Madame Adam, alors, de quelle couleur ?* » Chaque fois, elle changeait les garnitures, c'est une coutume allemande. Vous savez, elle a toujours passé des vacances chez des amis, à Fribourg-en-Brisgau. Là-bas, Noël, c'est sacré. Elle m'a emmenée une fois là-bas au marché de Noël et là, c'était l'an dernier, elle a acheté des boules et des guirlandes toutes bleues, elle me disait : « *Madame Adam, aujourd'hui, on voit tout en bleu.* » Le ciel aussi était tout bleu, c'était une belle journée. On a bu du vin chaud, que c'était bon, parfumé comme tout, à la cannelle, et puis on a mangé des petites saucisses, on n'en trouve pas des comme ça ici... Et elle m'a offert un beau châle tout bleu, tout douillet... Ah, si on avait pu se douter... Quel malheur... C'est trop triste... Mais, cette année, elle a mis du doré partout, c'était encore plus beau, ce doré sur ce vert foncé !
- Et ça venait aussi d'Allemagne ?
- En partie. Elle avait reçu un paquet de ses amis de Fribourg, et puis elle a complété avec des étoiles que monsieur Camille lui avait données. Du reste, monsieur Saulnier a fait des photos. Vous pouvez lui demander. Mais

peut-être pas encore, le pauvre monsieur, il est tellement malheureux, tellement triste. Je le vois le matin, j'arrive un peu avant qu'il parte travailler. Il est plus le même…
- Et après la Noël, qu'est-ce que vous faisiez du sapin ?
- Avec le chauffage, le sapin perd vite ses aiguilles, elles se faufilent partout. Alors vite, après les fêtes, Madame le mettait dans le local des compteurs, en attendant le jour où il fallait le déposer dans la rue. C'est pas madame Saulnier qui l'aurait mis n'importe où, n'importe quand. Un jour, on en a même trouvé un dans le vide-ordures, un petit, mais quand même ça a tout bouché ! C'est pas possible ! Où on va ?
- Mais est-ce que des étoiles de monsieur Camille auraient pu rester sur l'arbre ?
- Ça, c'est bien possible. Madame a récupéré les plus belles, mais elle a laissé celles qui étaient un peu fatiguées, la grosse du sommet, elle arrêtait pas de piquer du nez !

***

A Goudimel, le commissaire Legros commençait à s'impatienter. Il devenait encore plus nerveux, son teint était encore plus pâle et ses traits tirés. De petites piles de trombones tordus dans tous les sens se trouvaient sur son bureau. Le bilan n'était pas fameux, on faisait du surplace et on avait dû abandonner une piste qui semblait sûre quand, tout à coup, au cours d'une réunion de travail où se trouvaient, autour du commissaire, les lieutenants Lucie Le Galland, Jean-Christophe Gastambide, Jean-Roger Pluvinage et Michel Dubourg, ce dernier s'écria :
- Mais si on en revenait à mademoiselle Laplanche ? Elle est seule, elle en souffre, elle est malheureuse. Elle trouve chez madame Saulnier le réconfort et c'est seulement auprès d'elle qu'elle peut vraiment s'épancher. Ça, on le sait bien !

Mais petit à petit, chez une Josette si frustrée, il peut venir l'envie, la jalousie. Elle se met à penser que, bien sûr, son amie l'écoute, la plaint et la soutient, mais elle trouve qu'il est facile d'être gentille avec les autres quand on n'a pas de problèmes et quand tout vous sourit. Et alors, c'est la question : « *Pourquoi elle et pas moi ?* ». Et puis, peut-être : « *Si jamais il lui arrivait malheur ?* » Si Marie-Hélène disparaît, Robert est libre, il est triste, on peut le consoler, l'aider, le soutenir, l'inviter, se rendre indispensable…

Michel, qui avait parlé tout d'une traite, rouge d'excitation et les yeux brillants, s'arrêta pour reprendre son souffle et le commissaire Legros en profita pour dire d'un ton sentencieux :
- Nous savons que le malheur des gens heureux peut faire le bonheur des gens malheureux. L'humanité est ainsi faite et, dans notre métier, nous sommes aux premières loges pour nous en rendre compte. Poursuivez, Dubourg, votre théorie est intéressante, et puis elle expliquerait le suicide de mademoiselle Laplanche et le mot qu'elle a laissé : « *Je ne puis rester en vie. Je suis responsable de la mort de Marie-Hélène. Pardon.* »
- Et alors, continua Michel, une fois sauvée et sortie du coma, elle a peur de ce qui l'attend. Elle se rend compte, tout à coup, qu'elle peut donner le change et, sachant bien que celui-là n'a pas eu de suites néfastes, ne parler que du premier coup de téléphone donné, avouer avoir cru qu'il était à l'origine de la mort de son amie. De là, crise de désespoir et suicide, et tout le monde plaint la pauvre mademoiselle Laplanche…
- Quel esprit tortueux ! s'écria Lucie, elle aussi très excitée, assise sur le bord de sa chaise, et qui n'avait pas perdu un mot de l'exposé de Dubourg. Et voilà ! On la sauve ! On la plaint ! Saulnier ne peut la laisser tomber ! Il a l'impression d'avoir une dette envers elle ! Et elle va arriver à ses fins !

- Mais si c'est vrai, comment prouver tout ça ? dit le commissaire. Soyons encore plus vigilants. On poursuit… Dubourg, vous surveillez Saulnier… Le Galland, attention, vous vous chargez de la Laplanche et vous, Gastambide, pour ne rien négliger, continuez à vous occuper de la petite Belin. Du reste, si j'ai bien compris, ça n'est pas trop désagréable ! Cafés, restaurants et promenades ! Mais avant tout… Attendez… Admettons que mademoiselle Laplanche soit coupable. Il faut le prouver. Seul le téléphone mobile qui a servi au guet-apens, si on le trouve chez elle, peut la confondre. Comme elle n'a pas été inquiétée, elle a pu garder le portable et comme, après sa tentative de suicide, elle a été emmenée à l'hôpital Saint-Jacques et, de là, directement à la clinique de l'Orangerie, il y a des chances de retrouver l'appareil dans son appartement. Ces téléphones, quelle invention !

Une perquisition eut donc lieu, en bonne et due forme. Très intriguée, madame Hubert, de sa fenêtre, avait vu arriver les lieutenants Dubourg et Gastambide. Dubourg avec toujours son air de petit jeune homme sage et Gastambide tel qu'en lui-même, peu soigné et ses vêtements tout fripés.

Dubourg connaissait déjà l'appartement de Josette. Gastambide, lui, fut très étonné de se trouver dans un intérieur moderne et de très bon goût, avec des meubles scandinaves aux formes épurées et de grandes reproductions de toiles abstraites. D'après ce qu'on lui avait dit de « la Laplanche », il s'attendait à avoir de la difficulté à évoluer dans des pièces encombrées par un ramassis de vieilleries, avec des bibelots à profusion et des napperons de dentelle partout. Finalement, la perquisition n'en serait que facilitée. Jean-Christophe, aussi bien que Michel, détestait ce qu'ils allaient faire : passe encore de regarder dans un placard à balais ou dans un buffet qui contient de la

vaisselle, mais fouiner dans un secrétaire où se trouvent des relevés bancaires et des ordonnances médicales... Pire encore, fouiller dans une commode où sont rangés des affaires personnelles et du petit linge... Tout ceci leur déplaisait au plus haut point, et dire que certains de leurs collègues étaient enchantés de tout commenter, de détailler la lingerie intime... Eux, ils se sentaient voyeurs et mal à l'aise. Ce fut une tâche déplaisante, mais ils la menèrent à bien, consciencieusement, et elle ne donna rien. Alors, non coupable ? Dans ce cas, toute l'enquête était à reprendre et à recommencer. Et par où recommencer ? Ils s'apprêtaient à partir quand le lieutenant Gastambide s'écria :
- Faut pas se décourager trop vite ! Elle a pu cacher le portable là où elle travaille, rue des Granges !

Effectivement, un mobile s'y trouvait, dans un des tiroirs de son bureau et il fut formellement identifié.

16

Josette avoua avoir trouvé le téléphone dans un caniveau, à un endroit qu'une voiture en stationnement venait de quitter. Le portable avait sans doute glissé de la poche du conducteur. Elle s'était empressée de le ramasser, pour le rapporter rue Mégevand au service des objets trouvés, puis n'y avait plus pensé. De retour à son bureau, elle subit un camouflet de plus car le dernier en date de ses clients, qui s'était montré jusqu'alors si charmant, qui avait été si entreprenant et avec qui elle devait dîner - « *un Richard Berry aux yeux bleus* » - annulait leur rendez-vous. Un impératif de travail, disait-il. Or, en passant rue des Granges à 18 heures, elle l'avait aperçu, le traître, tenant amoureusement par le bras une charmante jeune femme. C'en était trop… On dit facilement qu'on a les jambes coupées, qu'on est cloué sur place, qu'on reçoit un coup au cœur, mais c'est exactement ce que Josette ressentit, l'impression que tout se bloquait, qu'elle ne pouvait ni respirer ni avancer. Elle avait la gorge serrée et les jambes si tremblantes qu'elle dut s'asseoir sous un abribus et attendre un grand moment afin de reprendre ses esprits. Une fois chez elle, n'ayant rien pu avaler, allongée sur son lit, elle fit le bilan de sa vie. Que de ratages, que de désillusions. En face de ce qu'elle considérait comme un échec complet, avec en vue aucune perspective positive, elle se mit à en vouloir à ceux à qui tout semblait sourire, à les haïr… Le venin de l'envie commença à agir… Elle pensa à Marie-Hélène Saulnier, heureuse, sereine, considérée, ne se posant pas de questions, n'ayant pas de problèmes, et avec un mari que toutes ses amies lui enviaient. Et dire qu'elles avaient fait les mêmes études, que Marie-Hélène était alors une élève des plus médiocres tandis qu'elle, Josette, avait toujours tenu la tête de la classe, et puis Marie-Hélène n'avait même pas poursuivi... tandis qu'elle, avec tous ses diplômes... L'affection de Josette pour Marie-Hélène se teintait petit à petit de jalousie déclarée, elle se mua en hostilité et puis presque en haine. Oubliées les heures où Marie-Hélène la réconfortait avec une patience infinie, oubliées les sorties à deux, lèche-vitrines, cinéma ou restaurant, oubliées les escapades en Franche-Comté... Sans s'en faire, Marie-Hélène avait tout eu de la vie. Mais si un jour elle disparaissait ? Robert alors serait libre, disponible, ne demanderait pas mieux que d'être consolé, alors tous les espoirs seraient permis...

Josette se voyait déjà la nouvelle madame Saulnier... On dirait d'elle : « *C'est beau, elle a sauvé Robert. Elle seule pouvait le faire, avec son tact, sa délicatesse, et puis elle ne s'est pas imposée, ils vivent dans le souvenir de Marie-Hélène. Quel dévouement! Que c'est beau!* »

Et elle serait invitée partout avec son mari. Aux réceptions de la préfecture, à celles de la mairie, à celles de tous les clubs. Marie-Hélène, elle, ou bien n'y assistait pas, ou y allait presque contrainte et forcée, tellement casanière, tellement popote... Elle, Josette, elle accompagnerait son mari et il serait heureux de ne pas sortir seul. Elle lui ferait honneur. Elle irait se faire coiffer, maquiller, elle aurait les vêtements les plus beaux, on l'envierait : elle serait madame Saulnier, la femme du directeur de l'entreprise Saint-Fargeaux : Peinture, Papiers peints et Décoration.

Et Josette, que sa crise de désespoir, que ses larmes avaient assommée, s'assoupit doucement en rêvant à cet avenir possible. Réveillée au milieu de la nuit par un cauchemar et ne pouvant se rendormir, elle pensa de nouveau à sa propre vie, à cette vie qu'elle jugeait ratée et se rêva encore en madame Robert Saulnier. Quelle revanche ce serait ! Mais Marie-Hélène est en bonne santé, jamais malade… Pourtant, un accident de voiture est si vite arrivé… Oui, mais le plus souvent Robert et sa femme sont ensemble…

Les heures passaient, le sommeil ne revenait plus. Et Josette remâchait sa rancœur, elle commença alors à échafauder un plan pour éliminer Marie-Hélène. Et c'est ainsi que cela se passa un mardi soir, deuxième mardi du mois, jour de la réunion du club de Robert…

Josette connaissait bien l'emploi du temps de son amie, les rites des soirées où celle-ci se trouvait seule : plateau-repas froid, puis infusion… Josette savait que, le prochain mardi, Robert serait de sortie, et puis elle se rappela qu'il y avait eu, dans sa famille, longtemps auparavant, une cousine de ses parents asphyxiée par le gaz, une casserole qui débordait ayant éteint les flammes. Là-dessus, une terrible explosion avait eu lieu, causée par l'étincelle d'un réfrigérateur qui s'était remis en marche. Toute son enfance, elle avait entendu parler de ce drame, toute son enfance on lui avait dit : « *Fais bien attention, n'oublie rien sur le feu* »…

Et si ça pouvait arriver à Marie-Hélène… Un jour de distraction… Impossible, elle est trop prudente, bien trop organisée… Oui, mais elle peut être distraite… Et alors, si elle n'est plus là, je pourrais me rendre indispensable à Robert. Le consoler. Le soutenir…

Finalement, au petit jour, Josette réussit à s'endormir. Ce fut pour peu de temps bien sûr et, lorsque le réveil la tira brusquement de son lourd sommeil, elle se leva, nauséeuse et épuisée. Une douche rapide et un café très fort lui donnèrent un coup de fouet et, dans la journée, son travail, qu'elle accomplit du reste avec effort, l'accapara et l'empêcha de penser à nouveau à ses problèmes.

Place Flore, de retour dans cet appartement si froid qu'elle aurait tant voulu partager avec une âme sœur, dans cet appartement où elle se sentait si seule, Josette se mit à faire des plans, des plans qui pourraient infléchir le destin. Elle venait de retrouver dans son sac le téléphone portable qu'elle avait oublié de rapporter au bureau des objets trouvés, et cela lui avait semblé être un signe… Pourquoi ne pas utiliser cet appareil appartenant à une personne inconnue ? Pourquoi ne pas attendre, dans le placard aux compteurs, à l'étage des Saulnier, que les chiffres correspondant à leur cuisinière à gaz défilent ? C'est la preuve que Marie-Hélène a mis sa casserole sur le feu. A ce moment, l'appeler au téléphone avec le portable, arrêter l'arrivée du gaz, tourner à nouveau la manette et faire durer, durer, durer la conversation, jusqu'au moment où… On verrait bien… De toute façon, il n'y aurait aucun risque… Oui, mais ce serait vraiment trop moche… Mais la vie a été moche avec moi aussi. J'ai bien droit à du bonheur, de la considération. J'en ai assez d'être « *la rouquine, la Laplanche, la Josette* ». Au bureau, il faut voir la façon dont ils disent « *Voyez ça avec Josette* », « *Demandez à Josette* », ils sont bien contents que « *la Josette* » soit là, je sais bien que pour eux je suis « *la Josette* », la femme seule, la mal-aimée, celle dont on se moque en douce mais qu'on est bien content de trouver quand il y a des problèmes dans un dossier compliqué. Ah oui, là, on la ménage : « *Ma petite Josette, vous voudrez bien étudier ce cas, je suis sûr que vous allez trouver une solution.* » Et la Josette, bonne bourrique, qui met tout son cœur à bien faire son travail…

Si bien que Josette, toujours aigrie, ulcérée et révoltée et n'ayant rien perdu de sa hargne, mit au point, avec toute son intelligence et son esprit pratique, une machination qui devait être infaillible et le soir du tragique mardi, vers 19 h 45, elle appela Marie-Hélène :
- Allô, c'est Josette. Allô, allô, Marie-Hélène. J'ai un conseil à te demander. Tu vas me dire ce que tu en penses. Tu sais qu'au moment des fêtes notre directeur nous a tous invités chez lui. J'ai des collègues qui lui ont rendu l'invitation et moi, je me sens obligée d'en faire autant. Alors, qu'est-ce que je fais ? Je l'invite avec sa femme au restaurant, ou bien je fais ça chez moi ? De toute façon, tu sais, madame Michaud ne s'était pas foulée. Ah, celle-là, elle s'en fait pas, avec ses faux airs de Catherine Deneuve ! Cette grande blondasse fadasse ! C'était tout du surgelé ! Je t'avais raconté du reste, des feuilletés au saumon, surgelés, des purées de carottes et de brocolis, surgelées, des pommes dauphine surgelées. Il n'y a que le jambon qui ne l'était pas, et encore... Et la sauce Madère, elle sortait du supermarché, c'était du tout préparé !
- Alors tu me demandes ce que tu dois faire ?
- Oui, c'est ça. Est-ce que je les invite chez moi ou au restaurant ? C'est là le problème, mais toi, tu as déjà mangé ?
- Non, pas encore.
- Alors, excuse-moi. On en reparlera une autre fois. Je te rappellerai. Bonsoir.
- A bientôt. Au revoir...

Et, enfin délivrée, Marie-Hélène put commencer à dîner.

C'est alors que Josette quitta son appartement et, de la place Flore, descendit vers l'avenue Droz en passant par la rue de la Mouillère. Connaissant le code d'entrée de l'immeuble où habitaient les Saulnier, elle se faufila rapidement dans le hall pour emprunter l'un des deux ascenseurs, juste au moment où la porte du second s'ouvrait pour laisser sortir un enfant. Elle s'était organisée et équipée au mieux, mettant son efficacité et son esprit pratique au service de ses funestes projets. Josette avait en effet emporté un chiffon, une torche et un « carré », et surtout le téléphone portable trouvé la semaine précédente. Arrivée au troisième étage, elle entra dans le local des compteurs et repoussa la porte sur elle. C'était bien étroit, mais elle pouvait cependant se mouvoir. Josette récapitula alors son plan de bataille, ce plan qu'elle avait longuement mis au point. Tout d'abord, à la lumière de la torche, surveiller le cadran correspondant à la consommation de gaz des Saulnier. Facile, chaque compteur portait le nom du locataire de l'appartement correspondant. Quand Marie-Hélène mettra de l'eau sur le feu pour préparer son infusion, les chiffres défileront…

Rien ne se passait. Les minutes semblaient bien longues. Tout à coup, Josette entendit l'ascenseur s'arrêter à l'étage, les portes s'ouvrir l'une après l'autre, puis les pas d'un homme. Est-ce que c'était Robert qui revenait plus tôt que prévu ? Josette avait, aux premiers bruits, éteint la torche. Elle attendait, retenant son souffle, quand les pas s'éloignèrent. Il s'agissait sans doute du voisin des Saulnier, son appartement se trouvait au bout du couloir. Josette respira enfin, elle s'était sentie glacée, envahie par une sueur froide et les jambes flageolantes. Elle commençait à se ressaisir et venait à peine de rallumer la torche lorsqu'elle s'aperçut, en regardant le compteur, que Marie-Hélène avait allumé le gaz. Elle attendit quelques secondes puis, sur le portable, composa le numéro des Saulnier.

- Allô, c'est Josette. Je ne te dérange pas trop ? Tu sais, j'ai pensé inviter les Michaud chez moi et puis tu viendrais aussi avec Robert… Alors, je ferai pour commencer une quiche lorraine et après un gigot avec des haricots verts et des haricots blancs…

Et, pendant ce temps-là, les chiffres défilaient, jusqu'au moment où Josette tourna la manette. Les flammes s'éteignirent doucement sous la casserole d'eau.

-... et après, une salade, des fromages bien sûr, et puis le dessert.

- Cela me semble très bien.

Là, la manette fut tournée à nouveau. Le gaz revint dans l'appartement et commença à se répandre dans la cuisine.

- Comme dessert, je pense à ce que tu fais si bien, et qui fait de l'effet, tu sais, la terrine de fruits, à la mousse d'amandes et au coulis de framboises. Tu veux bien me rappeler la recette, parce que je voudrais l'essayer avant.

- Déjà il te faudra des biscuits de Savoie, des amandes en poudre, du sucre, du sucre glace, du beurre, de la crème fleurette, des œufs, du kirsch et beaucoup de fruits au naturel.

- Oui, je prendrai un très grand bocal de fruits assortis.

Le gaz commençait à gagner le couloir...

- Ces fruits, tu les passes et tu gardes le sirop. Tu auras préparé un moule à cake, tu le chemises avec du papier d'alu...

Josette écoutait, le cœur battant. Qu'allait-il se passer ? Son plan allait-il réussir ? A la fois, elle le souhaitait, à la fois elle espérait que rien n'arriverait.

- Tu trempes les biscuits de Savoie dans le sirop des fruits et quand ces biscuits sont bien humectés, mais attention, ni trop ni trop peu, tu en tapisses le moule, au fond et sur les côtés et alors tu déposes sur le fond une couche de mousse d'amandes que tu auras préparée. Cette mousse, tu l'obtiens en passant au mixeur le beurre, le sucre glace et la poudre d'amandes, 150 grammes de chaque, et à cela tu ajoutes... la crème... la crème... fleu... fleu... fleurette...

Josette ne savait vraiment plus où elle en était quand elle sentit que les paroles de Marie-Hélène devenaient hésitantes. Elle entendit soudain un bruit de chute, puis plus rien… Elle se dépêcha de ranger le téléphone et s'en alla le plus doucement possible, en ayant pris soin d'essuyer la manette du compteur ainsi que les endroits qu'elle aurait pu toucher. Du pied, elle lissa le sol poussiéreux…

Josette retourna rapidement chez elle, prit plusieurs somnifères et s'endormit, assommée.

Le lendemain, elle était à nouveau à son bureau et ne cessait de se demander ce qui avait bien pu arriver. Elle se mettait à espérer que sa machination n'avait pas eu de suites néfastes. Elle réalisait combien Marie-Hélène comptait pour elle. Elle se faisait horreur. Mais comment savoir ? Son amie était peut-être revenue à temps dans la cuisine, mais alors le bruit de chute ? Mais Robert, lui, avait pu rentrer à temps… C'était l'angoisse, des interrogations sans fin. Comment essayer de se renseigner sans paraître suspecte ? Car jamais elle ne téléphonait à Marie-Hélène dans la journée.

Finalement, elle fut fixée incidemment : une habituée du cabinet comptable était venue apporter des dossiers, elle habitait l'immeuble des Saulnier. Sachant que Josette connaissait le couple, elle lui apprit avec tous les détails possibles qu'un accident avait eu lieu et que l'on n'avait pas pu sauver Marie-Hélène.

Josette s'effondra et ses collègues, qui connaissaient son attachement pour son amie, l'incitèrent à rentrer chez elle et appelèrent un taxi qui la ramena place Flore.

Lorsque, par la suite, angoissée, émue, elle alla au funérarium se recueillir, comme bien d'autres, devant la dépouille de Marie-Hélène, son esprit était dans la plus grande confusion. Il lui semblait qu'une autre avait agi à sa place. Elle commençait seulement à se rendre compte qu'elle avait vraiment commis un crime, que c'était irréparable, irréversible. En même temps, elle avait tenu à assurer un Robert très ébranlé de tout son soutien et de toute sa sympathie devant une perte si cruelle et, à ce moment-là, elle était sincère...

Josette reprit alors son rythme de vie dans un état second et, quand elle rentrait chez elle en fin d'après-midi, comme c'était tellement devenu un geste quotidien, elle avait le réflexe, vite réprimé, d'appeler Marie-Hélène au téléphone. Elle ne pouvait dormir qu'avec des somnifères... Et voici que vint le jour de l'enterrement. Là, au cimetière des Chaprais, devant la fosse béante, elle réalisa toute l'ignominie de son geste, et on mit sur le compte d'une immense peine un évanouissement dû à la fois au chagrin et au remords. Plus tard, sentant qu'elle ne pourrait plus vivre la conscience si lourdement chargée, elle avala tous les comprimés de somnifère qui lui restaient et écrivit le fameux mot qui donna lieu à plusieurs interprétations : « *Je ne puis rester en vie. Je suis responsable de la mort de Marie-Hélène. Pardon.* »

Une fois sortie du coma, dans le calme de l'hôpital Saint-Jacques, Josette avait eu tout son temps pour réfléchir. Au début très déprimée, elle se ressaisit peu à peu et, finalement, décida, puisqu'on ne pouvait revenir en arrière, et si rien ne risquait de la désigner comme suspecte, de ne rien avouer. Elle ne parlerait que de l'appel téléphonique sans conséquence passé de chez elle. C'est ainsi qu'elle fut mise hors de cause, mais...